AF291596

roman

UN CERCLE DE CRAIE

JOSEPH KERN

Menu

Prélude

1. Le Jour Venu

2. Le Contrat

3. Approche Tes Yeux

Capsule n°1

4. Caché Derrière

5. Le Brasier

6. À Perte De Vue

Capsule n°2

7. La Femme Enchaînée

8. Sur un Fil

9. Pardonne-Moi

10. L'oiseau de feu

Capsule n°3 (part1/part2)

11. Danser Encore

12. Cristal

13. Je t'emmène au vent

14. L'embellie

« C'est l'éclipse totale au dehors

Est-ce qu'elle pense à toi encore

Est-ce que votre amour est mort

Ou n'étais-ce qu'un météore »

CALOGERO - L'ECLIPSE

PRÉLUDE

Parce que tout se mélange comme dans un début ou dans une fin, le taxi file au petit matin sur les routes pluvieuses de banlieue, direction Roissy, Terminal 2B. Je pars te retrouver. J'ai bon espoir cette fois, Lolita, de revoir tes cheveux blonds, ton visage rond et ton regard de chat perdu. Je ne sais pas si tu voudras me suivre ou si la police te gardera dans ses geôles. Tout dépendra de celui qui te retrouvera le premier. Mon informateur a l'air fiable, pour une fois. Je ne pars pas à Berlin pour rien. Quitter Paris était devenu vital de toute façon. Il y a trop de souvenirs ici, trop de toi, trop de nous et surtout toutes les ruines de notre amour qui sont bien trop lourdes à porter.

Tu te souviens ?

Nous attendions les étoiles comme dans un monde en éventail qui s'ouvre et se replie sur lui-même, à l'infini. On était tout là-haut perchés sur un nuage, à flotter sur la vie, enlacés dans des baisers matelassés. Nous vivions dans un quotidien baigné de lumière mais sans que nous ne l'ayons vraiment voulu, nous nous sommes empêchés de briller l'un et l'autre. C'est à ce moment là que les premiers vents se sont mis à souffler, sans que je n'y prête vraiment attention. Nous attendions les étoiles, cela devait suffire à vivre heureux jusqu'à devenir vieux. Mais à la nuit tombée, un ogre s'est échappé du lit, une fois lâché sur notre amour, il était devenu incontrôlable, à semer la peur et les larmes.

Le ciel n'était jamais complètement bleu, il y avait toujours un nuage qui traînait. Tu ne voyais que lui, comme si l'obsession de l'orage était devenu bien plus forte que tout ce qui pouvait être beau. Seul face à ce désastre inattendu, je regardais nos vies se fragmenter. Et quand la bombe a explosé, je n'ai trouvé que le silence pour exprimer ce raz-de- marée. Le monde s'est mis à vaciller comme une faucille, à trancher nos sentiments au jour le jour. C'est là que nous aurions dû unir nos âmes, les transformer en bouclier. Au lieu de ça nos mains tendues se sont transformées en poings serrés, mélange de colère et de peine, l'échec de notre amour, des rêves qui s'effondrent. Je n'aurai jamais cru vivre ça avec toi.

C'était bien toi le plus cadeau de ma vie, toi qui es partie. Ce jour là, c'est un ouragan de catégorie 5 qui s'est soulevé avec la force d'une armée. Je ne l'ai pas vu nous emporter, je n'ai pas su nous protéger. Ce beau navire a vu sa coque se briser et notre couple s'est mis à couler, emporté par des courants si puissants qu'il nous était impossible de lutter. Notre histoire s'est échouée dans le vacarme de tes larmes. Chacun de son côté, en équilibre dans un tango des bas quartiers, nous nous sommes enfuis pour survivre tant bien, rattraper nos lambeaux de peau, protéger ce cristal, ce cœur qui fait mal. On dit qu'après chaque guerre arrive la paix et parfois même que de la haine renaît un sentiment nouveau comme un amour sauvé des eaux. Depuis ton départ, je vis dans une apnée dangereuse. Je cherche dans ma mémoire le souvenir de nos baisers, de ceux qui aident à respirer. Me voilà seul au fond d'un glacier, en joue figé par des archers d'amour blessé.

Je suis comme ce bombardier argenté qui vole dans un ciel de misère, à travers les éclairs et les fards à paupières. Ses réacteurs sont en flammes, sa carlingue tremble de part en part, il file à une vitesse folle. C'est bien plus grand qu'un incendie. Il finira bien par exploser tu sais, mon bel amour. Il m'arrive d'oser fixer mon reflet dans le miroir. Je vois un cœur tout éraflé, ses balafres et sa beauté. Comment fait-il pour battre encore. Je voulais être ce phare capable d'éclairer tes nuits à la flamme de mon amour. Je pensais en être capable, tu sais. Au lieu de ça, tu t'es enfuie comme si tu te sentais prisonnière dans cette vie que nous avions tous les deux. Aujourd'hui je suis la nuit, une pâle copie. Je ne suis plus que l'ombre de moi-même. Mais où donc es-tu partie ?

J'ai gommé les griffures sur mon visage. Mes yeux ont désormais le bleu d'un ciel d'hiver. Mon cœur est desséché, insensible et venimeux. Je vis dans le silence comme un vieux moine cistercien. Je vois des hordes lointaines, des animaux en terre d'adieu, des diablotins, un ange hideux. Je cours derrière cette trace de toi, une ombre volée dans un baiser. Le professeur Forbes a dépêché toute une armée pour te retrouver. Cela ne suffira pas, je le sais déjà. Cela fait maintenant six mois que je suis sans nouvelles de toi. Un jour tu as disparu, c'était un lundi. Où es-tu Lolita, à Berlin ou sur la lune, au crépuscule, dans l'infortune. Tu sais, rien n'est plus beau qu'un premier baiser. C'est comme un tatouage indélébile, l'éternité d'une émotion. Les yeux se ferment comme emportés dans un printemps suspendu. Il y a tous ces papillons dans ton ventre et le battement de leurs ailes qui rythmait les pulsations de nos cœurs. Je nous revois ivres dans un fou rire.

J'aimerais que tu viennes me resservir une vodka black et que nos langues se mélangent dans l'étreinte d'un soir, nos deux corps inondés dans l'éternité de notre histoire. Reviens-moi Lolita. On ne balaie pas l'amour comme une poussière. Je sais qu'il traine au vent, à gauche à droite, dans des bourrasques et des ouragans. Il est revenu cogner à ma porte, le jour où cette infirmière est morte. J'étais resté en contact avec elle depuis cette nuit où elle avait sauvé ma vie. C'était il y a 7 ans déjà. Le cancer l'a emporté en à peine un mois et sa mort m'a ramené vers toi, comme si l'urgence de la vie avait sonné l'alerte en moi. J'ai vu la peine s'engouffrer dans mon cœur et mon âme s'est mise à hurler :

«Lolita... elle a besoin de toi... Lolita... retrouve-là. »

J'ai senti des larmes tomber sur le stroboscope des souvenirs. Il fallait que je te retrouve coûte que coûte, comme si ma vie en dépendait elle aussi. Je savais que Forbes te tuera s'il parvenait à mette la main sur toi, avant moi. Je n'ai pas ce qu'il cherche exactement. Je reviens vers toi Lolita. Je viens combler l'inachevé, te kidnapper et peut-être même te libérer. Tout dépendra de toi.

CHAPITRE 1

LE JOUR VENU

Le rendez-vous est fixé au Monkey bar, Rooftop d'un hôtel branché, temple de l'électro berlinoise, ambiance décalée, impression de voler au-dessus de la vie, se sentir libre, exister. J'ai à dû atterrir il y a deux heures à peine. La transition est rude entre mon petit bureau parisien et cet univers décalé. Berlin c'est l'ombre et la lumière de ce XXème siècle. Et aujourd'hui même si le mur est tombé, j'ai toujours le sentiment quand je suis ici, d'être dans cette dualité, comme si cette ville était restée l'épicentre du monde, à jamais. Je finis par récupérer un Berlin Buck auprès d'un barman à moitié déchiré. Ce cocktail à base Gin, de citron vert, d'une limonade épicée, de citron et de Pijökel 55, sera parfait pour me remettre les idées en place et me synchroniser comme il se doit à l'endroit. Je trouve une petite place le long de la baie vitrée avec une vue imprenable sur l'église du souvenir. La lumière de la ville d'une noirceur profonde, à la nuit tombée, comme si des ombres restaient cachées du soleil en attendant la nuit pour exister. Je souffle la bougie posée sur la table. Je ne veux pas qu'on puisse distinguer mon visage avec précision. Je veux rester obscur et discret, transparent s'il le faut, suffisamment en tous les cas pour capter les émotions qui planent autour de moi. Cet endroit était le nôtre. On s'y est aimé bien plus d'une fois.

On a même failli s'y battre la dernière fois qu'on y est allé. Le «Goodbye» d'Apparat me transporte comme le S-Bahn dans les méandres de ma mémoire. J'ai tant besoin de toi, tout à côté de moi. Berlin nous a happés, comme deux extraterrestres téléportés sur leur planète. Ici nous étions libres d'être nous-mêmes, de nous aimer au rythme de nos sentiments, les vrais, sans filtres et sans limite. Nous étions juste nous et c'était déjà beaucoup. Je n'ai ressenti ce sentiment qu'ici et à Montreux, lors de cette dernière nuit (si belle et si triste) où cachés dans cet igloo, j'ai rêvé qu'une nouvelle chance nous serait donnée. Mais rêver ne suffit pas toujours à inverser la destinée.

– Désolé pour le retard, je me suis tapé un vieux braquage dans une salle de jeux dans Marzahn. Encore une sale histoire, je ne vous raconte pas. Je ne comprends pas ce qui se passe en ce moment. Les gens sont en train de devenir complètement fous, vous ne trouvez pas ?

L'homme jette sur la table une paire de clés avec le logo Mercedes et un paquet de cigarillos Montecristo. Il laisse tomber sa masse osseuse sur le petit canapé en face de moi. La cinquantaine, il a cet air bourru des flics de nuit. Sa peau est boursouflée, comme vérolée. Son regard noir tranche avec ses cheveux blonds. D'apparence l'homme me semble bon, d'apparence seulement.

– Commissaire Schumann, enchanté. C'est moi qui vous ai contacté.

Je sers sa main comme si j'attrapais la perche d'un sauveteur lancée en pleine mer, de celle qu'il ne faut surtout pas lâcher pour continuer à respirer, à espérer.

– Si j'ai bien compris votre message, vous auriez des informations à me vendre concernant une de mes clientes, c'est bien ça ?

– Tout au plus à négocier. N'employons pas ce terme entre nous, s'il vous plaît. Un ami commun m'a parlé de sa disparition, d'une récompense qui serait offerte…

– Ce n'est pas moi qui paie. Vous seriez déçu sinon.

Un serveur lui dépose un demi-litre de bière blanche aussi mousseuse que ces ronds de jambe. Je n'ai pas confiance en lui mais c'est ma seule piste pour te retrouver.

– Excusez ma curiosité mais comment avez-vous fait pour me trouver ? Il y a quelques articles sur le net qui parlent de moi et un pseudo-profil Facebook, mais rien de plus.

– C'est une longue histoire mais pour faire court, nous avons reçu une fiche Interpol concernant votre amie. Tenez je vous l'ai imprimée. Il y est question d'un vol d'un nouveau genre qui devrait avoir lieu ici à Berlin. Son nom y est mentionné en bas à droite, regardez. Nous avons fait pas mal de recherches sur elle et nous avons découvert que vous aviez été en couple pendant quelques temps. Après c'est du travail de flic. Un vieil ami à moi qui travaille à l'OCRVP (1), m'a dit que vous l'aviez questionné à son sujet, il y a déjà quelques années. Il m'a dit que vous pourriez m'aider.

– De quel type de vol s'agit-il ?

– Je comptais un peu sur vous pour m'en dire plus, parce que ce n'est pas précisé ? J'ai essayé d'interroger Interpol mais leur source est classifiée secret défense et j'ai vite compris que je n'en tirerais rien.

Je fais mine de réfléchir en buvant une longue gorgée de mon cocktail. Je sais parfaitement pourquoi tu es là, Lolita. Je tourne la tête vers l'église du souvenir et je revois notre première nuit à Berlin, à marcher main dans la main au milieu des marchés de Noël, à découvrir notre histoire, à se rêver d'inventer une nouvelle façon d'aimer. Nous étions coupés de tout ce qui faisait nos vies à Paris. Nous étions juste Toi + Moi, ce grand Nous. C'est ici que le Mur est tombé, tu n'as pas oublié.

– Vous l'avez déjà retrouvée je suppose, sinon je ne serai pas là aujourd'hui. Mais il vous manque une pièce du puzzle avant de l'arrêter, c'est bien ça ?

– C'est un peu plus compliqué que ça. Elle est arrivée toute seule il y a dix jours depuis Paris. Nous avons sa réservation d'avion et une photo d'elle à son arrivée. Vous me confirmez qu'il s'agit bien de la même personne ?

Je fais un signe d'approbation en caressant du bout des doigts la photo qu'il me tend. Tu es en vie, mon bel amour. Tu as l'air souriante et heureuse. Je vois que tu n'as plus le poids de moi sur tes épaules, tout ce qui pouvait t'encombrer et t'étouffer.

– Elle a séjourné dans trois hôtels différents, qu'elle a payé à chaque fois avec sa carte de crédit, à l'exception du dernier, le Michelberger, c'est un hôtel dans Friedrichshain, vous connaissez ?

– Oui, nous y avons déjà séjourné. C'est bizarre qu'elle ait choisi cet hôtel. Ce côté usine industrielle ne l'avait pas vraiment emballé.

– La chambre a été réglée par une inconnue dans la nuit de mardi à 5h33 du matin, pour être précis. 7 minutes plus tard, cette femme est morte assassinée dans une autre chambre de l'hôtel située pile face aux fenêtres de Mademoiselle Lolita Camwell. Regardez bien le visage de cette femme, Caproni, vous avez sûrement dû la rencontrer.

Sur la photographie qu'il dépose sur la table, je distingue une femme brune, le visage rond, le contour des yeux noircis, ses lèvres charnues sont maquillées grossièrement d'un rouge à lèvre couleur fuchsia.

– Désolé Commissaire je ne l'ai jamais vu. Vous n'avez pas pu l'identifier ?

– Non pas encore. Pour l'instant, nous pensons qu'il s'agit d'une femme russe, d'une trentaine d'année, peut-être une prostituée. On a retrouvé des notes écrites en cyrillique dans sa table de chevet. Elle était plutôt bien habillée, du « All Saints » de la tête aux pieds. Vous connaissez cette marque de vêtements, moi j'y connais rien, c'est ma femme qui m'habille, alors vous imaginez ?

Lolita avait fait un essayage dans une boutique de cette marque, un jour à Paris, elle était juste merveilleusement belle dans ces vêtements. Mais ces fringues-là sont hors de prix et nous étions repartis sans un sac. Avec le recul, je me dis, que j'aurai dû lui offrir ce petit ensemble, la transporter dans un autre univers, encore et toujours, nous échapper. C'est peut-être le résumé de notre vie, tu sais, comme si on ne pouvait être heureux que loin de ce monde, seuls sur un bateau à naviguer, à traverser les détroits et les océans.

J'aurais tellement aimé disparaître avec toi sur un grand voilier blanc et revenir à la vie dans un baiser ou dans un rire sur un vieux port ou dans une crique abandonnée. La liberté ma Lolita, c'est bien elle que nous sommes venus chercher ici à Berlin.

– On sait qui a réservé la chambre où on a retrouvé le corps de cette femme ?

– Un certain Markus Muller né le 18 août 1987 à Brême. Il est totalement inconnu de nos services. On fait des recherches pour essayer de le localiser. L'adresse qui est inscrite sur sa fiche client correspond à un entrepôt abandonné en périphérie de Munich.

– C'est plutôt curieux, je vous l'accorde. Vous savez ce que Lolita a fait pendant son séjour ?

– Son compte N26 montre un paiement important dans un restaurant de Prenzlauer Berg, le Kanaan. Peut-être pour 5 ou 6 personnes, vu le montant de l'addition. Elle a visité le Musée de l'Holocauste, fait quelques retraits d'espèces. Et sa dernière nuit, elle l'a passée au Berghain. Je peux même vous dire qu'elle a pris son dernier cocktail à 3h53.

– Son dernier vous dites ?

– J'ai 8 consommations sur sa carte de crédit cette nuit-là. Elle tient sacrément bien l'alcool votre copine.

– Elle a peut-être payé des coups à boire, c'est bien son style aussi.

– En tous les cas, elle est rentrée seule à l'hôtel, ce soir là,. Un taxi l'a raccompagnée à 4h21. Muller et la fille sont arrivés ensemble à 5h30, nos ne savons pas d'où précisément. La fille s'est arrêtée payer la chambre 354, celle de votre amie. Elle aurait déclaré à la réceptionniste vouloir lui faire une surprise.

Ensuite, elle est montée dans l'ascenseur, et après, c'est l'inconnu.

— À quelle heure mademoiselle Camwell a-t-elle quitté l'hôtel ?

— Nous n'avons retrouvé aucune image de son départ, nous n'avons pas retrouvé non plus la carte magnétique de sa chambre. C'est comme si elle était toujours dans cet hôtel.

— Comme votre tueur, peut-être.

— Nous avons fait vider toutes les chambres, interrogé toutes les personnes présentes dans l'hôtel à l'heure des faits mais ça n'a rien donné. Nous n'avons trouvé aucune trace de votre amie, ou de ce Muller. Ils ont dû s'enfuir par les issues de service avant qu'on arrive, je ne vois que cette hypothèse.

Mon regard se bloque soudain sur une ombre derrière la vitre de la terrasse, je sens son regard sur nous. Quelqu'un nous surveille, j'en suis certain. Il y a deux hommes qui nous observent avec insistance, à trois tables derrière nous. J'ai vu leurs regards se baisser quand je les ai fixés. Ils avaient l'air plutôt surpris et gênés. Ce ne sont pas des policiers mais plutôt des hommes de main, du style mafieux albanais.

— Je vais devoir vous laisser Commissaire. L'endroit commence à être un peu trop dangereux pour moi.

— Qu'est-ce que vous racontez Caproni.

— Tenez votre enveloppe, il y a de quoi arrondir vos fins de mois pendant quelques temps. À l'intérieur je vous ai laissé mon numéro de téléphone. Appelez-moi demain en fin de matinée pour faire le point, si vous voulez bien.

– Vous allez faire pouvoir m'aider, vous pensez ? Tenez, prenez ma carte de visite. Il faut absolument qu'on la retrouve, j'ai un mauvais pressentiment.

– Je ne peux rien vous promettre commissaire. Je ne suis qu'un petit détective de quartier vous savez.

Je profite du passage d'un groupe de touristes belges pour m'éclipser. La foule est tellement dense qu'elle me rend invisible. Je pars te chercher Lolita avant qu'il ne vienne te tuer. Le risque est pris. Et si tu ne veux pas de moi alors tant pis, je partirais, comme quand on souffle une allumette, en une fraction de seconde, comme ça, comme une vie qu'on efface.

(1) Office Central pour la Répression des Violences aux Personnes

CHAPITRE 2

LE CONTRAT

Au carrefour du Monkey Bar et du Neni Restaurant, il y a ce petit recoin sombre au bout d'un couloir, où trônent les portes en métal d'un ascenseur. Mes doigts tapotent à toute allure sur le bouton d'appel. Je suis une proie facile ici, bien trop isolée. Mes yeux sont comme un radar en action. Chaque personne qui passe par devant moi, est un tueur potentiel. J'appuie encore sur le bouton comme dans un jeu vidéo où chaque pression sur la manette permettrait à ce maudit ascenseur de monter plus vite. Je me sens en danger, comme embarqué dans un tempo imprévu, où j'ai le sentiment de ne rien maîtriser. Les derniers grains du sablier sont toujours ceux qui tombent le plus vite, paraît-il. Le temps n'est pas mon allié, le tien non plus, c'est vrai.

Les portes de l'ascenseur s'ouvrent enfin. Un nouveau flot de fêtards, déjà bien éméchés, se déverse sur le Monkey Bar. Je m'engouffre dans la cabine. Je passe machinalement mon doigt sur le bouton, Exit. Je pose mes mains sur la rambarde, tête baissée face à la glace. Je sens la cabine qui bouge. 10 étages à descendre, 3 hommes derrière moi, les coups pleuvent sans prévenir pendant que les portes se referment. Ils sont bien plus violents que tes silences tu sais, mais je m'accroche malgré tout, la bouche en sang, les bras pliés sur mon visage, en position de défense avec toujours le même sentiment d'impuissance.

Tout cela n'est rien, par rapport au jour où tu es partie. J'étais comme suspendu à un élastique, poussé du pont comme par surprise, mon corps s'est enfoncé dans l'océan, à une vitesse folle, dix mètres sous la mer. Je ne voyais plus ton visage, je manquais d'air. J'ai longtemps eu l'impression que cette chute ne s'arrêterait jamais. Tout ce qui s'est passé n'aurait jamais dû arriver. L'élastique m'a ramené violemment dans les airs. Quelque chose s'est dessiné sur les eaux. Un reflet qui n'était pas le mien. Nos deux bouches qui s'enlacent dans une chambre d'hôpital, un brancard qui avance, une autre femme est cachée sous un long manteau. Je ne distingue qu'une silhouette qui avance. Où te caches-tu, Lolita ?

L'ascenseur ralentit, synonyme d'arrivée imminente. Mes agresseurs rabattent la capuche de mon manteau et me transforment en moine masqué. Le canon d'une arme s'enfonce dans mes reins. Je grimace, le visage déformé par la violence de ces voyous. Je comprends qu'il vaut mieux rester tête baissée, surtout ne pas hurler, ni ma douleur et ni ma peine. Je sais qu'ils ne veulent pas me tuer. Ils ont bien trop besoin de moi, vivant. Les portes s'ouvrent sur le hall d'entrée du 25 Hours Hotel où plus d'une centaine de personnes font la queue en espérant enfin atteindre le saint Graal du Monkey Bar. Mon Graal à moi, ça serait de te serrer dans mes bras, de croire que l'amour peut résister aux Tsunamis, aux tremblements de terre et à toutes ces fois où il aurait pu disparaître à jamais. C'est comme cet arbre qui a survécu à l'explosion d'Hiroshima alors qu'il était à moins d'un kilomètre de l'épicentre. Le Ginkgo biloba, mon symbole, mon espoir, il est cet éternel, ce lien sacré qui me ramène sans cesse vers toi. Toi mon ange, ma marquise, tu es l'épée à l'étrange baudrier, celle par qui la lumière reviendra. Nous arrivons dans la rue. J'entends des Klaxons et des pneus de voiture glisser sur l'asphalte humide.

Je sens le froid et le vent griffer ma peau. On me pousse dans l'habitacle obscur d'un énorme 4X4. Le piège se referme dans une porte qui claque. Un homme me force à m'asseoir sur des sièges en cuir beiges. Je suis dos au conducteur, séparé l'un de l'autre par une glace sans tain. Une forte odeur d'éther me prend la gorge. Je lève les yeux et ma capuche tombe en arrière. Le docteur Forbes me dévisage d'un petit sourire hautain. Son bouc à la teinture trop foncée dénote avec un visage fin à la Egon Schille. Ses mains soignées s'appuient sur une canne de marche, taillée dans du bois d'amourette. Il est cet homme de pouvoir, puissant et dangereux à la fois. Personne ne penserait qu'il a déjà dépassé depuis bien longtemps l'âge de la retraite, comme si le temps s'était arrêté sur lui à ses 50 ans.

– Monsieur Caproni, c'est toujours un plaisir de vous voir. Excusez ces hommes, je déteste la violence, dit-il en me tendant un mouchoir blanc en tissu brodé pour que j'essuie le sang qui coule de mes lèvres.

À côté de lui son avoué consulte des documents, un attaché case posé sur ses genoux. Son visage est pâle et creusé comme ceux du croque-mort dans les bandes dessinés de Lucky Luke. Il se fond sous son grand chapeau noir, de ceux que portent les mormons et les suppôts. Je dois m'en méfier, plus que tout.

– Nous étions sans nouvelles de vous. Trois mois, c'était un peu long tout de même, vous ne trouvez pas, dit-il froidement ?
– J'ai eu quelques soucis personnels à régler. Je vous prie de bien vouloir m'excuser.
– Mon client le docteur Forbes, ici présent, a été très généreux avec vous et il pourrait l'être encore plus. Mais il a,

comment vous dire, la sensation que vous ne lui dites pas toute la vérité, vous comprenez.

– J'aime qu'un contrat soit respecté. J'ai des principes. Je ne vous ai pas choisi par hasard. Voulez-vous que je vous rappelle l'ensemble des indices qui vous ont été transmis pour mener à bien votre enquête.

– Commencez par me dire ce qui vous a été volé. Ça pourrait quand même m'aider à poser les bonnes questions aux bonnes personnes.

– Au fait, j'ai appris cette triste histoire pour votre amie. Une séparation, ce n'est jamais facile à vivre. Moi qui m'apprêtais à vous inviter à dîner dans ce petit restaurant napolitain où nous avions déjeuné, vous vous rappelez ? Nous aurions passé une soirée vraiment exquise, quel dommage.

– Tenez Caproni, mon client m'a demandé de vous lister une nouvelle fois les éléments du contrat qui vous unit. Histoire que nous soyons tous bien d'accord sur les termes employés.

Je voudrais avoir le charisme de Bradley Cooper, cette désinvolture et puis ce flegme. J'aimerais pouvoir m'échapper d'ici par la première bouche d'aération venue, une poubelle, un truc pour moi. J'ai tellement mal à la tête depuis mon accident. Elle tambourine parfois si fort que j'en perds la vue. Quand les migraines se font trop fortes, je ferme les yeux jusqu'à ce que ton visage apparaisse. C'est toujours lui qui me ramène à la vie. Je m'accroche à ton sourire, à ce chat sur la lune, à cette voix qui chantait :

Paix sur la guerre, paix dans les cœurs
Lieber Mann Liebe Frau
Lieber Mann Liebe Frau **(1)**

– Lisez donc Caproni, j'ai envie d'entendre le son de votre voix. Elle me rappelle quelqu'un, c'est étrange. Un ami, un patient ou un de mes anciens élèves... Vraiment la mémoire est un mécanisme passionnant, vous ne trouvez pas ?

Je fais mine de rien. Je connais par cœur toutes les phrases inscrites sur cette maudite feuille, mais j'obéis. C'est bien lui qui me paie après tout :

1. Vous êtes le docteur Richard Forbes responsable de l'unité d'oncologie à l'hôpital de Warren dans le Michigan.

2. Un voleur vous a dérobé quelque chose d'important le 15 juin 2013.

3. Ce voleur a pris l'avion de Détroit vers Paris le surlendemain.

4. Il était accompagné d'une femme d'une trentaine d'années, mix d'italienne et de fille du Nord de l'Europe, citoyenne française.

5. Un contrat a été passé, le 15 septembre 2017, entre Monsieur Forbes ici présent et le détective Harry Caproni d'autre part afin de retrouver l'objet volé. 50.000 euros m'ont été remis par chèque le 7 octobre 2017. Une prime 5 fois supérieure sera ajoutée en cas de réussite.

6. Un compte rendu devra être effectué par écrit (mail ou courrier) chaque premier lundi du mois.

– J'ai étudié toutes vos correspondances avec le docteur Forbes. Au départ, votre travail de synthèse était plutôt impressionnant, j'avoue. Entre les vols directs Détroit/Paris et ceux avec transit, vous avez analysé les données de 13 vols soit environ 8000 passagers.

– Combien de femmes avez-vous pu discriminer au final ?

– C'est écrit dans un de mes mails, 22.

– Vous les avez toutes identifiées et interrogées je suppose.

– Je suis sur une piste intéressante mais la femme a brutalement disparu.

– Décidément les femmes vous filent souvent entre les pattes mon pauvre ami.

– C'est pour cela que je suis à Berlin. Un policier de la Kripo (2) est censé me vendre des informations sur elle. D'ailleurs si je pouvais avoir une petite avance parce que le lascar est plutôt gourmand si vous voyez ce que je veux dire.

– Vous imaginez bien Monsieur Caproni que vous n'êtes pas le seul à avoir été recruté sur ce dossier. Seul l'un de vous remportera les 250.000 $ de récompense.

Le docteur Forbes fait un signe de l'index à l'un de ses sbires. L'homme glisse une liasse de billets dans la poche de mon manteau, sans poser de questions.

– Vous avez moins d'un mois. Une fois la date du 3 janvier dépassée, l'accord vous reliant au docteur Forbes sera caduque. Et pour nous, un contrat non honoré vaut mise à pied… (sous terre)

– Vous pouvez m'appeler sur ce numéro, tenez, me dit Forbes en me tendant un bout de papier. Votre voix est celle d'un homme de confiance Caproni. Je sais que je ne me suis pas trompé en vous choisissant.

Son regard me fait peur. Un jour tu m'as parlé du diable, Lolita et de ces esprits qui te hantent parfois. La crosse d'une arme s'abat sur ma tête avant que je ne termine ma pensée. Le rideau tombe sur ma mémoire, knock-out.

Étendu au milieu du ring de notre amour, l'arbitre lance le décompte, à zéro, c'est silence radio.

(1) Extrait de Liebe de Laurent Voulzy

(2) Kriminalpolizei - équivalent de la Police Judiciaire

CHAPITRE 3

APPROCHE TES YEUX

D'abord une lumière, quelque chose de flou comme un prisme de cristal et puis des formes qui se mettent en mouvement. Mes paupières se referment. J'entends mon pouls qui cogne dans ma gorge, une sécheresse dans le palais. Je pose mes mains sur ma tête. Je mets mon corps en position fœtale et j'ouvre les yeux. Sauf que ma mémoire est comme une piste fléchée où tous les chemins s'entrecroisent. Chaque histoire se mélange pour n'en créer qu'une, toujours la même.

« Je suis au volant d'une vieille Mustang. Il fait nuit. La voiture file sur une route américaine au milieu d'arbres épais. Une femme est assise à mes côtés. Je vois ses lèvres qui bougent, une vitre qui explose et cette lumière blanche aussi violente qu'apaisante. Elle m'entraîne dans un monde de silence. Et toujours ton visage Lolita, c'est toujours lui qui me ramène à la vie. »

Ma vue se stabilise enfin sur des fenêtres immenses. Je suis allongé sur un matelas épais. Je vois des draps blancs, des rideaux jaunes et beiges, une porte qui donne sur une petite salle de bain nichée dans un bloc carré. Je suis dans une chambre d'hôtel. Ce n'est pourtant pas là que je suis descendu à mon arrivée. Et pourtant cet endroit m'est familier.

Je rampe sur l'édredon et j'aperçois une cour au milieu de grands bâtiments de cinq ou six étages. L'endroit ressemble à une ancienne usine transformée en lieu moderne et branché. Je suis au Michelberger Hotel, Berlin. Sur le bureau, j'aperçois une feuille de réservation imprimée à mon nom. Chambre 354, la même que celle où Lolita a séjourné. Celle aussi où nous nous sommes aimés ce week-end de mai. Je reconnais parfaitement ces hauts plafonds industriels, ce côté très froid et épuré, cette solitude et cette peur que nous avions ressentie en déposant nos bagages. Mon ordinateur portable est ouvert sur un long bureau noir. Mon sac de voyage est jeté au sol comme une vulgaire poubelle. J'allume machinalement mon téléphone portable.

Il est 10h45, toujours pas de nouveaux messages, juste cette photo de toi Lolita, la dernière que j'ai pu sauver de nos jours d'adieu et de cette colère qui a tout emporté sur son passage. Plus je t'entendais pleurer et plus je m'enfermais dans un silence destructeur, un rouleau compresseur qui absorbait toute ta douleur, en me laminant au plus profond de moi, à chacune de tes larmes. Mes hurlements à moi ne sortaient pas, comme prisonnier d'un cœur en geôle. La lave et la peine ont tout emporté tout sur leur passage, les rêves comme les sentiments, nous voilà comme après la guerre, entre terre et mer, à avancer chacun de notre côté, à contempler nos vies gâchées, à espérer vivre un après. (nous retrouver ?) J'aperçois soudain une femme de ménage qui s'active dans la chambre d'en face. Ce doit être là que la fille dont m'a parlé le commissaire Schumann a été assassinée.

J'enfile vite fait une veste à capuche noir, je zippe la fermeture éclair jusqu'au cou, je croise mon regard dans le miroir, j'ai le visage marqué, une arcade amochée et une barbe mal taillée. J'ai à peine 40 ans et toujours ce torrent d'énergie qui abreuve mon moteur, cette soif de vivre et de découvrir.

Depuis cet accident ma mémoire est comme un kaléidoscope géant. J'ai des images et des lieux dont je ne me souviens pas qui m'apparaissent parfois. Il y a surtout ces vides en moi, comme des recoins inexplorés qui me font peur et qui m'isolent. Je passe le pas de la porte, la carte magnétique de ma chambre au fond de ma poche arrière. J'avance dans un couloir sombre sur une moquette feutrée.

Caché dans un angle, j'aperçois la femme de ménage arracher les derniers autocollants jaunes, posés par la police, sur la chambre 383. Des draps maculés de sang gisent au sol, enfermés dans des sacs en plastique orangé. Elle les entasse avec des restes de linge sale dans un chariot. La pauvre femme le pousse avec difficulté vers l'ascenseur de service. Je profite qu'elle ait laissé la porte ouverte pour m'engouffrer dans la pièce. Je commence à fouiller sans trop savoir ce que je pourrai trouver. La police n'a rien pu oublier. Tout a dû être passé au peigne fin. Je soulève le matelas, rien. Je retire chaque tiroir du bureau, rien. Je défais les aérations de la climatisation, rien.

– Eh vous là ! Qu'est-ce que vous faites ici, m'interpelle la femme de ménage, avec fermeté.

Je pose mon doigt sur la bouche, en lui montrant ma carte de détective, ce qui la laisse de marbre.

– Sortez de là où j'appelle la police.
– Une femme est morte ici.
– Vous m'en apprenez une bonne. Allez, dégagez !

Je sors mon portefeuille, je vois son regard qui change. Je sais que c'est gagné. Je lui tends un billet de 500 euros qu'elle saisit sans réfléchir. À présent tu m'appartiens.

– Vous n'avez rien remarqué de particulier en rangeant la chambre ?

– Rien que la police n'ait déjà pris.

– Vous avez déjà fait le ménage ici ces derniers jours ?

– Oui deux matins de suite, pendant que la petite dame était partie prendre son petit-déjeuner.

– Dans quel état était la pièce, vous vous souvenez ?

– Plutôt comme si elle n'avait pas passé la nuit dans son lit, si vous voyez ce que je veux dire. Les draps étaient à peine défaits. Après c'est pas toujours surprenant avec les oiseaux de nuit. En général ils attendent que j'ai fini mon travail pour aller se coucher et aussi bizarre que cela puisse paraître, ils refont leur lit avant de repartir danser.

– Au cas où un amant finisse dans leur lit au bout de la nuit ?

– Vous avez sans doute raison.

– C'est peut-être ce qui s'est passé d'ailleurs.

– Elle s'était préparée à prendre une douche pas à faire l'amour. Quand on fait ce type de rencontre on n'est plutôt dans l'excitation, non. On veut baiser un point c'est tout, pas prendre une douche ou se refaire une beauté. C'est des conneries tout ça.

– J'ai cru comprendre que plusieurs préservatifs avaient été retrouvés dans la poubelle ?

– Je ne pense pas que les hommes étaient sa priorité. Enfin, pour ma part, je n'ai rien remarqué de la sorte.

– Vous savez comment elle a été tuée ?

– Étranglée d'après ce que j'ai pu voir, vous savez ces traces comme ça sur le cou, dit-elle en mimant le geste.

– Alors pourquoi ce sang sur les draps ?

– On lui a arraché la langue, vous ne saviez pas ?

– Non, on ne me l'a pas précisé.

– Une si jolie jeune femme, c'est bien triste quand même.

– En tous cas, merci pour votre aide.

Je lui glisse un dernier billet de 100 euros dans la main. Elle reste silencieuse en le cachant dans son soutien-gorge. Elle me regarde partir, l'air pensive. Je sens ses yeux sur mon dos et sa voix qui m'interpelle.

– J'ai trouvé ceci scotché derrière la télé. Je ne sais pas si ça pourra vous être utile. Personne ne pense jamais à regarder derrière ces objets vissés sur le mur. C'est un nid à poussière pourtant.

– Qu'est-ce que c'est ?

– Une carte magnétique pour ouvrir la porte d'une des chambres de l'hôtel.

– Elle fonctionne ici ?

– Non, vous pensez bien que j'ai déjà essayé. Je comptais le signaler à la direction, mais je ne sais pas pourquoi, j'ai envie de vous aider. Vous me plaisez bien vous. D'habitude les Français ne sont pas comme vous.

Je prends cette carte comme un trésor. J'essaie de cacher mon sourire gêné. Je vais pour m'en aller quand une dernière question traverse mon esprit.

– Dommage que personne ne connaisse sa véritable identité.

– Trouver la chambre qui s'ouvre avec cette carte et vous trouverez la réponse à votre question.

– C'est vous qui avez trouvé le corps ?

– Je suis arrivée en même temps que la réceptionniste. Quelqu'un venait de l'appeler depuis le téléphone de la chambre?

– Ah oui c'est exact, on m'en a parlé. Un certain Muller je crois.

– Non, pas du tout. Une femme.

CAPSULE N°1

PARIS - SEPT 2017

Pourquoi nous arrive-t-il de chercher dans les étoiles les réponses à nos questions ? Comme si dans chacune d'entre elle se cachait un savant fou, capable de faire tomber de la poussière divine sur nos pauvres vies.

Foutaise.

Mon accident m'aura appris que ce que je cherche est enfoui au plus profond de moi, dans un désordre inconstant où les chemins qui mènent à la vérité sont comme des ponts suspendus, un labyrinthe merveilleux dont le parcours change et évolue au fil du temps et parfois même en un instant. Je n'ai aucun souvenir de cette nuit de malheur, ni de tout ce qui s'est passé avant, mes parents, mon enfance et tout ce qui me fait être moi. On peut dire que ma vie a débuté à Paris, le 2 février 2014. C'est ce jour-là que j'ai ouvert les yeux dans une chambre d'hôpital de la Pitié Salpêtrière après six mois de coma profond. C'est ici que des inconnus m'ont jeté comme un vulgaire détritus dans la nuit du 19 juin 2013. Les lâches n'ont laissé aucune trace, même les caméras de vidéosurveillance n'ont rien relevé de la scène. On m'a juste trouvé gisant sur le trottoir, comme un vieux camé complètement shooté, sans plaies apparentes, ni blessure expliquant mon état de santé. Je suis finalement sorti de l'hôpital le 17 mai 2014 un peu comme l'homme catapulte à la foire du Trône.

On m'a donné les clés d'un appartement sans avoir la moindre idée de ce qui m'attendait derrière. Aussi étrange que cela puisse paraître, j'éprouvais une sensation de bien être et d'espérance en rentrant dans ce petit T2. J'ai également accepté l'idée d'avoir ce métier de détective privé. Mes comptes en banque étaient bien remplis et la clientèle arrivait plutôt facilement. J'ai passé les trois années suivantes sans but précis. Mon quotidien était rythmé par les rendez-vous chez la psychologue qui me suit depuis ma sortie de l'hôpital et des petites enquêtes à gérer. Rien de très passionnant, j'avoue. J'étais au volant d'une voiture qui avançait sans chauffeur, sur une route qui n'était référencée dans aucun GPS, ni destinée à proprement parlé. Juste le fait de vivre me suffisait largement.

La solitude et l'isolement n'étaient pas un poids pour moi, c'est comme ça que j'avais l'impression d'avoir toujours vécu. J'essayais tant bien que mal de reconstruire ma mémoire, mais j'étais comme du verre brisé. Il m'arrivait même de ne pas reconnaître mon reflet dans le miroir. Très vite, j'ai arrêté de chercher qui j'étais comme si ce passé n'était pas si important que ça pour exister. J'étais complètement imbriqué dans l'instant présent sans jamais chercher à me projeter au-delà ou en deçà. Tout cela aurait encore pu durer des années si le docteur Forbes n'avait pas fait irruption dans ma vie. Je m'en souviens parfaitement, c'était un mardi. La pluie glissait sur les vitres de mon bureau dans la grisaille parisienne d'un mois de septembre à divaguer. J'avalais cachets sur cachets pour faire passer ce maudit mal de tête. J'avais le visage marqué par la douleur et l'ennui. Il fallait vivre ainsi.

Je ne me rappelle pas avoir entendu la sonnette retentir, ni la porte d'entrée claquer. Mais j'ai senti une présence dans l'appartement. Un homme s'était installé dans la salle d'attente.

Attendait-il que la foudre s'abatte dans la rue ou bien était-il venu chercher ici le trésor de Santiago, le berger andalou de Paulo Coelho. En sortant de mon bureau, je l'ai vu assis, fier et puissant, dans un fauteuil monastère rouge que j'avais chiné au marché Daumesnil. La couleur du siège mettait en évidence son costume noir hyper cintré, une chemise aussi blanche que ses ongles et une cravate noire qui prolongeait un bouc épais à la teinture brune. L'homme était élégant, hypnotique et troublant. Ses mains s'appuyaient sur une canne de marche, taillée dans du bois d'amourette qui lui donnait un air monacal, mélange de poésie et de magie noire.

– Vous avez pris rendez-vous ? Je suis pas mal occupé en ce moment, je ne sais pas si je vais avoir suffisamment de temps à vous consacrer. Je peux vous conseiller un de mes confrères si vous le souhaitez.

L'homme sourit avec ce côté américain, plutôt new-yorkais et me répond dans un français presque parfait.

– Je n'aurais pas fait un si long voyage, si je n'étais pas sûr de mon choix. Je suis à la recherche d'une personne qui m'a dérobé quelque chose de très personnel.
– Vous savez, en général je m'occupe surtout d'aider les maris cocus ou les femmes infidèles, ça dépend. Je suis juste un petit détective de quartier.
– Vous avez déjà entendu parlé des « étoiles de Cassiopé » Monsieur Caproni ?
– Je devrais ? Non vraiment Monsieur...
– Forbes. Je suis le docteur Richard Forbes de l'hôpital Warren dans le Michigan.

Il tend sa main, j'hésite à m'en saisir, mais je ne peux plus me défiler. Il ne lâche pas mon regard, mes doigts non plus.

– Je ne crois pas qu'on se soit déjà vus ?

– Je ne crois pas non. Je n'ai jamais mis les pieds aux USA. C'est pas faute d'en avoir eu envie.

– Votre voix m'est familière pourtant.

– Je peux vous recommander auprès d'un de mes confrères, si vous le souhaitez.

– Ce ne sera pas la peine. C'est bien de vous dont j'ai besoin.

– Pourquoi un si long voyage ?

– Les étoiles de Cassiopée, Monsieur Caproni, vous savez celles qui dessinent un W dans le ciel. Elles sont au nombre de 5, un peu comme les 5 doigts de la main, les 5 terres, les 5 piliers de l'Islam, les 5 sens ou encore les 5 continents. La liste est longue vous voyez.

– Je ne vois pas où vous voulez en venir, par contre.

– J'ai besoin d'une de ces étoiles monsieur Caproni. Elle a été volée à quelqu'un qui m'est très cher. Je pensais l'avoir retrouvé en arrivant dans votre étude, mais je m'aperçois qu'elle n'est plus ici.

– Cette étoile, c'est quoi exactement, une personne, un objet ?

– Un peu des deux, en tous les cas l'un ne va pas sans l'autre. Je pensais qu'il n'y avait qu'un seul voleur, mais je pense aujourd'hui qu'ils sont au moins deux, peut-être trois. Je sais qu'un de ces voleurs est partie de Détroit à destination de Paris, vraisemblablement avec une fausse identité. Mon avoué vous fournira toutes les informations nécessaires pour retrouver sa trace ainsi qu'un chèque de 50.000 euros en guise d'acompte. Je serai en plus généreux avec vous en cas de réussite.

50.000 euros, j'en ai le palpitant qui s'excite comme devant une machine à sous qui clignote ou dans la dernière ligne droite d'un tiercé. Même si je ne suis pas avide pour un sous, j'avoue qu'une telle somme me sortirait au moins pour un temps de la monotonie du quotidien. J'ai cru voir des flammes dans son regard, pendant un court instant. Je reste interloqué, les yeux bloqués sur son sourire. Nos mains se sont serrées de nouveau et toute ma vie a basculé.

CHAPITRE 4

CACHÉ DERRIÈRE

J'ouvre les yeux dans Berlin, assis dans un tramway à l'arrêt. J'entends le bip de fermeture des portes, comme un compte à rebours qui indique que le départ est imminent. Emporté dans mes pensées, la réalité m'a rattrapé comme dans une course de lévriers. Je sais qu'il ne faut pas rater le prochain virage sinon, c'est la chute assurée. J'appuie in extremis sur le bouton, Exit. Les portes s'ouvrent. Cette ville m'attire comme un aimant et je plonge dans le dédale des rues comme un robot posé sur des roulettes. Une télécommande dans la main, quelqu'un s'était octroyé le pouvoir de décider du seul chemin à emprunter, comme si quelque part, tout était déjà écrit.

Je passe ma main sur mes paupières encore groggy de souvenirs, comme si j'étais perdu au milieu d'un brouillard givrant. J'avance dans Prenzlauer Berg, ce quartier « middle class » que nous avions déjà traversé une première fois lors du dernier week-end que nous avions passé ici. Tu avais dormi 8 heures la nuit et presque autant le jour, comme si, quelque part, tu cherchais déjà à t'enfuir. Je n'ai pas vu la flamme de notre amour dépérir, j'avoue. Enfin si, mais j'ai refusé d'accepter la vérité. J'étais tellement sûr de moi, de cette capacité à faire de toi, une femme heureuse. À cette époque j'étais « le Runner » et toi celle qui fuyait.

À l'inverse de nos débuts, où j'avais peur de ce flot de sentiments qui jaillissait de ton cœur. Aujourd'hui je suis prisonnier d'un monde dans lequel je me sens complètement perdu et dont je ne peux m'échapper. Tu es la seule à détenir la clé de ma vie, ma liberté. J'arrive devant le Kanaan, un restaurant Israélo-palestinien à la devanture faite de bric et de broc. De prime abord, il ne me serait jamais venu à l'idée de tourner la poignée, mais une fois rentré, un autre monde m'a absorbé, comme si quelque chose d'oublié venait de ressusciter. Il y a tellement de vie ici, des parfums d'orient, une électro berlinoise, une douceur, un mystère et ce voyage immobile dans lequel nous aimions nous laisser transporter.

Un jeune serveur, genre blondinet à la mèche rebelle, m'accueille en allemand. Vu ma tête, il tente l'hébreu et puis l'arabe avant de se rabattre sur l'anglais. Et moi je souris. Cet endroit m'a conquis. Il me trouve une petite table près du comptoir. Je commande une bière. J'observe chaque recoin en attendant mon breuvage. La carte est écrite sur un tableau noir accroché au mur. Vu le prix des plats, ce n'est pas 2 ou 3 personnes que Lolita a dû inviter à manger mais au moins 15 ou 20. Ça pourrait être pour un anniversaire, un enterrement de vie de jeune fille ou quelque chose comme ça. Tu n'es pas venue à Berlin par hasard. Je te connais très bien. Ma bière à peine posée que je la siffle presque d'un trait. J'en commande une deuxième et une assiette complète de falafels. Les prémices de l'ivresse éveillent mes sens. J'essaie de remonter le temps comme pour tenter de me rapprocher de toi. Je ne sais pas t'oublier et sans le vouloir, je vis sans cesse à tes côtés. En l'absence même de tes baisers, j'entends encore ta voix chanter «Si tu l'aimes t'en va pas». Oui mais voilà tu es partie.

En m'engageant, le docteur Forbes ne pouvait pas s'imaginer tout cet amour qui allait naître entre nous, il est comme une machine magique capable de soulever des montagnes, de renverser les tables mais la vérité c'est que je n'ai pas su t'aimer au quotidien, à mettre autant de magie qu'il y a de jours dans une vie. Quand on rencontre une flamme jumelle, on a besoin de passion, d'aventures et de tournesols pour se tourner vers le soleil et trouver l'ombre quand vient la nuit. N'oublie pas qu'Eve s'est lassée d'Adam et qu'à un moment précis, on oublie pourquoi on s'est aimé. On s'éloigne alors du point de rencontre, de ce Check Point Charlie où nos âmes se sont retrouvées, où nos cœurs se sont allumés à l'amour, où nous avons pu commencer à exister.

« Avant toi j'étais rien » (1), c'est bien ce que disait cette chanson, tu te souviens. Je sais que tu ne m'as pas menti. J'ai mis du temps à retrouver le pardon. Je n'ai pas encore exploré tous les ténèbres de notre histoire, mais ce que je sais, c'est que tu étais bien là dans ce restaurant. Je vois ton visage imprimé dans un photomontage au milieu d'un tableau de Pola Brändle, mélange de publicités arrachées dans la rue, de vieilles affiches de street art et de photos portraits. Je prends ma dernière bouchée et je me lève en mâchant. Plus je me rapproche et plus mon regard fait le point sur une femme à côté de toi. Bras dessus, bras dessous, on dirait deux sœurs siamoises, des amies éternelles. Cette inconnue c'est le cadavre du Michelberger. Je prends quelques pas de recul pour bien voir l'intégralité du tableau. Elle travaillait ici, peut-être même comme serveuse. Je me rapproche du comptoir en interpelant le patron.

– Excusez-moi cette femme-là, c'est une de vos employés ?

– Vous êtes qui pour poser des questions, demande un homme assis au bar, mal rasé typé gros bras, avec l'œil noir des sales besognes.

– On voit bien sur cette image qu'elle porte un plateau devant cette fenêtre, regardez. Je ne me trompe pas, n'est-ce pas.

– Qu'est-ce que vous lui voulez à cette femme ?

– Retrouver celle qui est à côté d'elle. Regardez, elles sont toutes les deux sur cette photo.

– Elles n'ont peut-être pas envie qu'on les trouve justement.

– À part que mon amie est en danger.

– C'est vous qui le dites. Vous devriez partir, Monsieur, vous n'êtes pas le bienvenu ici.

– Vous allez quand même nous montrer le registre du personnel dit froidement le Commissaire Schumann en exhibant son insigne de police.

Sa présence jette un froid. À l'extérieur, la restaurant est quadrillé par la police. Il y a des gyrophares et des hommes en armes, cagoulés casqués. Les deux hommes se regardent surpris et apeurés à la fois, comme rattrapés par un secret.

– S'il vous plaît, suivez-nous. Nous serons mieux dans la pièce d'à côté pour discuter discrètement.

Il nous emmène jusque dans un petit salon qui donne directement sur la cuisine. L'homme assis au bar reste dans l'alcôve pour empêcher que quelqu'un puisse nous déranger et nous servir, s'il le faut, de bouclier.

– Cette fille vous savez, elle n'était pas comme les autres. Elle apparaissait, disparaissait sans que l'on sache où elle était, ni qui elle était vraiment.

– Elle travaille pour vous depuis combien de temps, demande le Commissaire.

– Je dirais un peu plus d'un an. Mais il n'y avait pas de contrat fixe entre nous. Parfois elle m'appelait pour me dire qu'elle était à Berlin pendant un mois ou deux. Nous nous mettions d'accord sur un certain nombre d'heures à faire par jour et c'était tout.

– Vous l'avez connue comment ?

– On recherchait des serveuses. On avait passé une annonce comme on a l'habitude de faire parfois au sein d'un organisme d'aide aux migrants russes. Elle s'est pointée comme ça, un peu comme une étoile tombée du ciel. Elle était si lumineuse. Ça a collé direct entre nous. Elle était super pro en plus.

– Comment s'appelle-t-elle ?

– C'est un peu compliqué Commissaire.

– Je ne comprends pas.

– Il faudrait que je demande confirmation à mon associé, mais je crois que je n'ai jamais vu son passeport ou une carte d'identité lui appartenant.

– Vous embauchez souvent des gens sans savoir qui ils sont ?

– Avec elle c'était particulier. Elle avait des secrets et ça se voyait. Elle faisait partie de notre communauté. Je pense qu'elle a immigré de Russie, sûrement à son adolescence parce qu'elle parlait parfaitement allemand.

– Russe aussi je suppose.

– Allemand, Russe, hébreux, anglais et quelques mots de français. Mais pourquoi est-ce que vous me posez toutes ces questions ?

– Parce qu'elle est morte.

L'homme dans l'alcôve tourne la tête en notre direction visiblement très touché par ce qu'il vient d'entendre. Il dit quelque chose en arabe au patron. Je sens un flottement entre les deux hommes, une émotion. Il remonte la fermeture éclair de sa veste en cuir. L'homme est armé. Avec Schumann, on a tous les deux vus un pistolet se dessiner dans son dos.

– Écoutez, cette fille, on l'appelle tous Alana. Son nom on ne lui a jamais demandé. On avait un numéro pour la joindre, toujours le même, vous pouvez le noter si vous voulez...

– Avec votre copine, elles étaient très proches, vous savez. Je sais pas comment vous dire. Il y avait un lien extrêmement fort entre elles. C'était la première fois qu'on la voyait lorsque cette photo a été prise.

– C'était le 20 mars, pour l'anniversaire d'Alana.

– Celui de Lolita aussi.

– Vous avez raison. (Il marque un temps d'arrêt comme s'il y avait une incohérence dans le prénom) On ne l'a revue que la semaine dernière. Elles semblaient très soucieuses toutes les deux. Votre amie a payé pour que l'on organise un service pour les miséreux. C'est une femme vraiment généreuse, vous savez.

– Elle a juste dit, c'est Shabbat, mettons des tables dehors et offrons à manger à tous ceux qui ont faim et froid dans Prenzlauer Berg. Elle a payé avec sa carte de crédit, vous voulez le ticket.

– Non, nous l'avons déjà.

– À votre avis qui aurait pu lui vouloir du mal ?

– Comme je vous l'ai dit, c'était une femme très secrète qui ne se livrait pas trop sur elle-même. Elle était très cultivée. Une fille hyper intelligente mais qui en même temps avait du mal à s'intégrer dans ce monde.

– Je pense même qu'elle a fait des études de médecine car un jour ma sœur s'est blessée en cuisine. Alana a tout de suite su quoi faire. Elle avait des gestes bien trop précis pour être anodins.

– Tu as raison je m'en souviens maintenant. Je m'étais fait la même réflexion.

– Elle lui a sauvé la vie en tous les cas.

– Ce qui était drôle aussi c'est qu'elle avait un accent américain quand elle parlait anglais. Il n'y avait même pas cette petite pointe de russe ou d'hébreu qu'on peut avoir parfois.

– C'est vrai. D'ailleurs votre amie avait le même accent lorsqu'elles parlaient toutes les deux.

– J'ai le même accent également et je ne sais pas d'où il me vient, ai-je rajouté.

Un nouveau flash dans mon regard. Je nous vois courir dans une nuit pleine de brumes. Nos pieds s'écrasent dans des flaques d'eau. Alana n'est pas loin, je distingue clairement son reflet. Elle a peur, tout comme toi. Je crois que des hommes nous poursuivent. Je m'en souviens à présent. Ils étaient hystériques. Nous avons trouvé refuge sur cette « place ensorcelée, où l'on ne pouvait danser». (2) C'était juste avant de trouver cette voiture pour nous enfuir, un 4X4 noir, peut-être une Mercedes. Ma mémoire est fragile. Tu es en danger Lolita. Ceux qui ont tué Alana sont à ta poursuite. Ils sont prêts à tout tu sais, te tuer, te torturer. Mais pourquoi ?

Forbes. Quelle est donc cette chose que l'on t'a volée ? À force de chercher, je commence à croire que « le diable seul sait ce que c'est ». (3)

(1) Avant Toi de Calogero

(2) & (3) Extraits de « La place ensorcelée » de Nicolas Gogol

CHAPITRE 5

LE BRASIER

Une virgule, c'est une ponctuation qui sépare deux parties d'une phrase, un instant qui n'est pas une prison, juste une transition. Et pourtant, cette virgule qui nous sépare est bien plus puissante qu'un point final car même si on ne sait plus rien de nous, il y a comme un lien indestructible qui nous relie. Les souvenirs, le manque et l'échec ne sont nullement la raison de mon retour. Je suis là pour toi. Je ne sais pas si je mérite encore une place à tes côtés, ni même si tu en as envie. Après tout aujourd'hui tu as ta vie. Je crois à la rédemption, au pardon et à la force qu'il y a en chacun de nous de pouvoir accepter ses erreurs et d'en tirer les principales leçons. Je crois au pouvoir de l'amour. Je crois à tous ces instants de bonheur que la vie nous a offerts parce que ceux-là, personne ne pourra jamais nous les voler, pas même les jaloux, les aigris et les sans-vies.

Je vois la rue se vider et la nuit qui commence à tomber sur Berlin. Les chandeliers de Noël trônent en bonne place sur les rebords de fenêtres. Dans quelques heures peut-être les enfants ouvriront leurs cadeaux avec dans leurs regards cette lumière merveilleuse qui ne devrait jamais disparaître, quoi qu'il arrive. Il ne faudrait jamais arrêter de rêver. Il n'y a qu'à travers la vision d'un monde nouveau que nous réussirons à transformer nos pleurs en sourires et nos rancœurs en attrape-cœur.

Je ne sais pas s'il y a encore de la place pour un nous dans ce chemin de vie que tu t'es tracée. Je sais juste que je dois te retrouver, pour te sauver peut-être, pour t'aimer, je ne crois pas.

– Caproni je vous dépose à votre hôtel ?
– Avec plaisir Commissaire.

En ouvrant la porte de la Mercedes AMG GT 53, couleur gris métal, je t'imagine dans les bras d'un autre homme, heureuse et frileuse, blottie contre sa poitrine, bien loin de la bassesse de mes sentiments. Je ne peux pas t'en vouloir. Mon cœur lâche est rempli d'une mélancolie qui se déverse en moi comme la clepsydre se vide. J'ai tout à réapprendre pour ne pas faire à nouveau fausse route et éviter les embuscades de la vie. Il y a dans le fond de mon cœur un rayon merveilleux dont le faisceau s'échappe de mon regard. Peu importe que sa couleur soit bleue, noire ou rouge, c'est ce reflet de moi qu'il y a dans cette virgule plantée au beau milieu de ta vie.

– Vous ne rentrez pas fêter Noël à Paris ?
– J'ai un travail à finir ici.
– La famille c'est important. Il ne faut pas l'oublier. Nous faisons un métier qui peut nous happer parfois et nous éloigner des vraies personnes qui nous aiment.
– Vous êtes mariés Schumann ?
– Depuis 15 ans. (Il reste pensif, soudainement perdu dans une émotion incontrôlée)
– J'ai toujours rêvé de me marier, je ne sais pas pourquoi, c'est quelque chose que j'aurais aimé vivre. Malheureusement, cela ne m'arrivera jamais.

– Ne dîtes pas ça. Après pour être honnête c'est un truc qu'on nous met dans la tête dès les premiers dessins animés qui passent à la télé.

– C'est pas faux. On souffre tous du syndrome du prince charmant, qu'on soit un homme ou une femme d'ailleurs.

– Et d'un autre côté, c'est comme une quête qui nous pousse sans cesse à espérer.

– On se dit qu'on devrait bien réussir à trouver sa princesse ou bien à être le prince charmant de quelqu'un.

– Sauf qu'on est tout, sauf des princes charmants.

– Encore vous Commissaire, il vous est arrivé d'être héros.

– Ma femme ne sait rien de mon travail vous savez.

– Vous ne lui en parlez jamais ?

– Un flic doit affronter seul son quotidien et ne pas polluer la vie des autres avec. On est tellement exposé à la misère du monde et à sa violence que tout ce côté négatif de la vie peut finir par nous coller à la peau.

– Je ressens ça également. Certains médecins doivent avoir le même sentiment, je pense.

– Mais je ne dis pas que j'ai raison car d'un autre côté, une femme qui n'est pas dans la police peut croire qu'on lui cache des choses.

– Alors que pas du tout.

– Non du tout. Dans tous les couples c'est la même histoire s'il n'y a pas de confiance, à un certain moment ça coince.

– C'est comme avec un coéquipier je suppose.

– Oui, imaginez je vous dis, Caproni depuis qu'on est parti du Kanaan, il y a une moto qui nous suit, à trois voitures derrière nous.

Je sais qu'il ne ment pas. Je m'affaisse dans mon fauteuil, mes doigts caressent mon front pendant que mes yeux fixent le rétroviseur extérieur. Deux hommes casqués, entièrement vêtus de cuir noir, restent à distance sur une CMX500 Rebel noire. Vu la puissance du bébé, elle aurait pu en effet nous doubler depuis belle lurette.

– Il y a un poste de police en allant vers l'Est.

– Vous n'avez pas peur qu'en changeant de direction ils se doutent de quelque chose.

– On est bien trop loin de Friedrichshain pour espérer y arriver vivant.

– Vous plaisantez j'espère ?

– J'en ai l'air, dit-il froidement en sortant discrètement un Glock de son holster.

Je tourne machinalement la tête vers une boutique de meubles à la devanture vitrée. C'est dans son reflet que j'ai vu la moto accélérer, juste au moment où le feu tricolore est passé au rouge. Schumann les a vus lui aussi, ses yeux sont fixés sur son rétroviseur, une main sur le volant, l'autre sur son arme, comme dans une scène au ralenti qui n'attend que le premier coup de feu pour s'accélérer. J'ai vu le passager arrière sortir un pistolet automatique, le commissaire Schumann écraser la pédale d'accélérateur. La voiture part à la vitesse d'une balle au beau milieu du carrefour et des voitures qui nous évitent d'extrême justesse. J'ai entendu deux détonations, un impact sur le toit. La poursuite est lancée.

– Tenez mon vieux, c'est à vous de jouer, me dit-il en me tendant son pistolet automatique. Vous savez vous en servir ?

Je n'ai pas le temps de répondre qu'un nouvel impact fait exploser la vitre arrière. La voiture s'embarque dans une ruelle étroite, guidée par l'instinct du pilote. Je prends un grand shoot d'adrénaline et me voilà qui tire. Par chance, la rue est déserte à cette heure-ici. Je tente à nouveau ma chance, sans succès. J'entends alors les premières sirènes de police. La moto disparaît à contre sens dans un tunnel. Schumann dévie sa route sans dire un mot. La vitesse ne faiblit pas. Il accélère même encore. Il saisit une télécommande de parking et la Mercedes s'engouffre dans un sous-terrain situé à l'arrière d'un de ces colosses de béton qui ornent de la Karl-Marx Allée.

– Nous serons en sécurité ici. Nous allons nous cacher chez moi, en attendant qu'une patrouille vous ramène à votre hôtel.

– Je peux rentrer en S-Bahn, ne vous inquiétez pas pour moi.

– Je crois que vous n'avez pas compris Caproni. Vous n'avez pas le choix. Va falloir que l'identité judiciaire fasse des prélèvements dans l'habitacle. Ils pourront peut-être réussir à extraire une ogive, trouver un indice.

– Vous n'avez pas l'air surpris par ce qui vient de se passer.

– Je savais que ce genre de chose pourrait arriver. J'ai compris ça, à l'instant où je vous ai rencontré. Allez, venez Caproni, l'ascenseur est juste derrière cette porte.

– Vous êtes sûr que je ne vais pas déranger votre épouse ?

– Un bon verre de schnaps nous fera du bien, je crois.

– Quel étage ?

– 6ème.

– Je pourrai emprunter votre ordinateur ? J'ai une clé usb sur moi avec toutes les informations que j'ai pu rassembler sur les vols Détroit-Paris du 17 juin 2013.

– Pas de soucis, vous avez une piste en tête ?

Je le suis sans trop faire attention à tout ce qui m'entoure. J'avance comme dans un tunnel où les murs et les visages seraient floutés. Il n'y a pas de place pour l'émotion, la peur ou la fuite. Le cœur au ralenti, la pensée est sous pression, l'urgence est toujours là. Je marche d'un pas rythmé pendant que Schumann ouvre la porte de son logement. Il attrape un ordinateur portable posé sur la table du salon qu'il me tend machinalement. J'aperçois alors une femme assise dans un fauteuil. On dirait qu'elle ne bouge pas comme un mannequin d'opéra qui attendrait un signe du chef d'orchestre pour se mettre en mouvement. Je ne pose pas de question. Cet appartement respire la peine. Il a beau être parfaitement rangé et d'une propreté à manger par terre, il lui manque ce brin de folie qui fait aussi la vie.

— Installez-vous, dit le commissaire, le mot de passe c'est Fahrenheit 451.

— Comme le film de Truffaut.

— Vous connaissez ? Mon épouse s'appelle Clarisse, comme le personnage principal. Elle aussi était institutrice. C'est elle qui m'a fait découvrir le cinéma français. Vous m'excusez, je dois m'occuper d'elle.

J'esquisse un sourire rapide d'approbation en insérant ma clé USB dans la machine. Je tape le code secret, j'arrive rapidement sur les fichiers qui m'intéressent. Le temps que les données chargent, j'aperçois Schumann soulever son épouse de son fauteuil en déposant du bout des lèvres un baiser sur son front, comme s'il avait peur de briser le joyau de son cœur. Elle a l'air si fragile dans sa raideur. Elle a sur son visage un reste de couleur et encore quelques rondeurs. On dirait que ses joues sont gonflées d'oxygène et d'amour.

Elle le regarde avec un espoir et de la tendresse au fond de ses yeux. Les listings des passagers des vols Détroit-Paris s'affichent enfin sur l'écran. Il ne m'aura fallu que quelques essais pour te trouver, Alana. Tu es partie sous le nom d'Ella Kagan née le 17 février 1978 à Moscou, de nationalité russe, je suis certain que c'est toi. Alana Gramm née le 17 février 1978 à Moscou, de nationalité allemande, n'est apparue elle que sur le vol Paris-Moscou du 18 juin 2013 comme si elle était sortie de nul part.

– Commissaire, je crois que je l'ai trouvée.

– Déjà, mais vous êtes un vrai magicien Caproni.

– J'ai pas trop de mérite, je suis parti du vol où voyageait également Lolita.

– Comment elle s'appelle alors ?

– Elle pourrait avoir la nationalité allemande et avoir voyagé sous le nom d'Alana Gramm.

– Attendez, bougez pas, on va vérifier dans nos fichiers.

Il se connecte en quelques clics à la base d'état civil, rentre ses codes secrets puis l'identité d'Alana. Le temps qu'il sorte une bouteille de schnaps d'un placard et deux petits verres à liqueur que la photo de notre cadavre apparaît sur l'écran.

– Bingo. Bien joué mon vieux. Tenez goûtez-moi ça, dit-il en me tendant un verre d'alcool.

– Par contre, est-ce que vous avez un moyen de vérifier si une certaine Ella Kagan, avec la même date de naissance qu'Alana aurait obtenu un visa américain au cours des dix dernières années ?

– J'ai un contact à l'ambassade américaine, ça ne devrait pas lui poser trop de problème, je pense.

– Il faut absolument que je retrouve Lolita. Ils vont essayer de l'éliminer elle aussi.

– Je vais appeler une patrouille pour vous ramener à votre hôtel. N'en bougez surtout pas sans m'en aviser.

– Promis commissaire.

Je lui souris. Je crois qu'il a compris que je pouvais mentir. Je me rapproche de toi Lolita, comme un enfant qui approche sa main du feu, avec une pleine conscience du danger qui l'attend et en même temps cette volonté d'essayer, un peu comme dans ce long couloir où nos lèvres se sont collées, notre premier baiser. Il n'y a que dans tes yeux tu sais que j'ai pu croire au merveilleux. Il ne reste peut-être qu'une faible flamme à notre amour. Elle est recouverte des cendres de notre vie.

Reviens près de moi Lolita souffler sur ce feu qui s'éteint. Plus nous soufflerons et plus la suie recouvrira nos visages, comme les mineurs et les corons. Nous deviendrons des ombres, nous traverserons la nuit, masqués comme deux voleurs aux mains gantées. Ce ne sont pas les bijoux qui nous attirent mais la lumière de notre amour. Il faut souffler sur ces braises, à plein poumon, du bout des lèvres, comme un espoir.

CHAPITRE 6

À PERTE DE VUE

J'ouvre une bouteille d'eau qui était posée sur la table de ma chambre d'hôtel. Je me sers un verre en tremblant, le téléphone coincé entre mon oreille et mon épaule. Tout en buvant, je laisse mon regard s'immerger dans la pièce. Elle est à peine éclairée par les lumières extérieures des autres chambres et par une lampe de chevet à la chaleur si douce. J'essaie de retrouver mes esprits pendant que la nuit pose son voile sur Berlin.

— Il y a eu un meurtre, une amie proche de Lolita Camwell. (Le combiné du téléphone collé contre ma bouche, je bégaye un peu, parce que j'ai peur). Franchement c'était pas beau à voir.

— Toujours pas de nouvelles d'elle.

— Forbes vous m'avez entendu. (J'ai le visage en sueur, les nerfs à vif, comme une épine plantée dans la joue, dieu qu'ils sont loin tes baisers) la femme qui est morte, a quitté Détroit, le même jour que Lolita. La police ne va pas lâcher l'affaire comme ça. Ils vont bien finir par comprendre.

— De quoi avez-vous peur Caproni. Vous n'étiez même pas à Berlin quand tout cela s'est passé.

— Je sais bien, mais il y a trop de choses bizarres dans toute cette histoire. J'aime pas votre jeu de piste moi. Je suis juste un petit détective de quartier. J'ai pas envie de voir les cadavres s'amonceler autour de moi.

— Ce sont les risques du métier, voilà tout. Ce cadavre dont vous me parlez, vous avez pu l'identifier, c'est bien ça ?

— J'ai trouvé deux identités la concernant. Mais je pense que vous la connaissez sous le nom d'Ella Kagan ?

— Ce nom me dit quelque chose en effet.

— Va falloir jouer franc-jeu avec moi, vous me devez bien ça. Ou vous me dites je la connais ou alors vous ne me dites rien.

— C'était une de mes étudiantes, ça vous va comme réponse.

— Quel est le lien avec Lolita ?

— La seule Lolita que je connaisse est dans la même chambre d'hôpital depuis le 15 Juin 2013. Pour elle aussi, il en va de sa propre sécurité que de rester dans notre établissement.

— Et si elle se retrouvait dehors ?

— Elle mourrait. Il faut retrouver votre Lolita à présent avant qu'un autre drame n'arrive. Vous savez, on ne maîtrise pas la meute, une fois qu'elle est lâchée.

J'ai préféré raccrocher et jeter mon iPhone sur le lit. Je me laisse tomber dans l'édredon, les bras croisés derrière ma tête, à chercher une main tendue, un semblant d'horizon. Je ferme les yeux. Il y a eu cette première phase de nous où nos baisers avaient une beauté charnelle, une faim de loup, comme si enfin nous pouvions vivre notre bonheur dans l'instant. Je me souviens très bien, tu voulais sans cesse me voir, te retrouver dans mes bras, briller dans mon regard, te sentir vivante d'un bout à l'autre de ton corps. Ensuite je ne sais pas, c'est comme si un rideau transparent s'était glissé entre nous. Nos mains parvenaient encore à se toucher mais nos lèvres elles, ne se collaient qu'à travers ce plastique maudit, cette barrière imaginaire qui s'est dressée entre nous.

Petit à petit, le rideau s'est transformé en une vitre opaque où je regardais ton corps nu, perdu dans une fumée de pierres chaudes. Tout cela est arrivé avant le passage des cyclones (1) comme un désastre sur nos vies. La lampe de chevet s'est éteinte brusquement comme si l'ampoule avait grillée. L'écran de mon portable s'est allumé au même moment, sur une photo, de toi et moi, que nous avions prise sur le port de Copenhague. Mes yeux sont restés de longues secondes à fixer le grand plafond. Machinalement je tends l'oreille et je laisse mon regard vagabonder le long du grand fil noir qui va du plafonnier jusqu'à la salle de bain. J'ai serré mon portable dans ma main gauche. Il y a eu comme une étincelle au plafond, puis une seconde qui s'est mise à bouger. On aurait dit qu'elle était comme ivre de liberté. Emporté par un courant d'air, elle est partie s'écraser sur la télévision. Je ne sais pas pourquoi, mais j'ai pris la télécommande et j'ai appuyé sur On.

Une grisaille cathodique est alors apparue, de celle qu'on voit sur une chaîne sans canal. Il y a eu comme une pluie d'électricité puis tout s'est accéléré jusqu'à ce qu'une forme se dessine sur l'écran dans un grondement inquiétant. Elle a la silhouette d'une femme, quelqu'un de familier, apaisante et aimée. Je m'assois sur le rebord du lit, la tête penchée sur le côté, à l'observer en toute confiance. Il y a eu un claquement sec, un court-circuit électrique entre la prise et le récepteur, comme une petite flamme. L'image de la télévision s'est coupée et l'ombre de cette femme s'est échappée comme une lumière libérée. Elle est restée quelques secondes face à moi. Elle m'observait comme si elle attendait que je la reconnaisse. Mais dans l'urgence, elle a préféré s'enfuir en passant sous le pas de la porte d'entrée. Les yeux grands ouverts, je pars à sa poursuite dans un élan d'espoir, accroché à ce fil d'Ariane qu'il ne faut surtout pas lâcher.

Nous avons traversé des couloirs, monté trois étages, redescendu d'un niveau à l'autre bout du bâtiment. Je pousse une porte incendie, une simple lumière rouge d'urgence éclaire une coursive étroite et mystérieuse. L'ombre s'arrête devant une porte sombre. Elle me regarde avec amour avant de se projeter d'un coup à l'intérieur d'une chambre en laissant son empreinte gravée sur la porte. Je m'approche sur la pointe des pieds, numéro 423. J'essaie de baisser la poignée, bloquée. Je regarde rapidement autour de moi.

Cette chambre est isolée, comme une alcôve secrète pour couple clandestin. Je fouille dans les poches de mon pantalon et en ressors la carte magnétique que la femme de chambre m'avait donnée. Je la pose sur le lecteur et le sésame se déverrouille dans un claquement sourd. Je m'introduis en prenant soin de vérifier que personne ne me suit. J'entends une femme qui jouit avec une certaine retenue comme s'il fallait encore contenir la foule des sentiments, garder en elle ses émotions. La belle blonde aux cheveux longs doit avoir à peine 20 ans. Trois fois moins que son amant, un homme bedonnant aux cheveux gras qui pue l'alcool et les cigares cubains. Elle le chevauche comme une cavalière à la peau laiteuse. Les deux amants ne me voient pas, enfermés dans la bulle de leurs émois, le plaisir et la vie, je sens leurs souffles qui s'accélèrent.

L'ombre apparaît de nouveau dans une étincelle et m'entraîne dans la salle de bain. Je la suis en prenant soin de fermer discrètement la porte derrière moi. Elle éclaire la pièce comme une luciole qui attendrait un geste de moi qui ne vient pas. Elle se met à cogner plusieurs fois contre un carreau situé juste au-dessus du bouton pressoir de la chasse d'eau. Je pose ma main dessus en appuyant de toutes mes forces. Le mur se met alors à bouger. Au même moment, l'ombre disparaît à l'intérieur d'une pièce secrète.

J'avance en longeant le mur à la lumière de la Bundestrasse 96A. Le métro déboule en gare à en faire trembler les murs de l'hôtel. J'arrive dans un petit salon des années 20 où plusieurs bières vides s'entassent sur un guéridon. J'aperçois la silhouette d'un homme assis dos à moi, un casque posé sur ses oreilles. Il retranscrit sur un ordinateur portable des conversations secrètes qu'il capte dans l'hôtel, grâce à du matériel d'écoute ultra sophistiqué. L'homme lève soudain la tête. Je vois son visage dans le reflet de la fenêtre. Markus Muller, c'est donc toi.

– Qu'est-ce que tu fais là, demande-t-il froidement en cherchant son arme.

– C'est plutôt à toi de me dire ça. La police te cherche aussi tu sais.

– Je ne parle pas à la police.

– Ça tombe bien j'en suis pas.

– Mais qu'est-ce que tu veux ?

– Savoir qui a tué cette jeune femme l'autre soir. Tu sais la fille de la chambre 383.

– Tu ne dois pas rester à Berlin, c'est bien trop dangereux pour toi. C'est un piège qu'ils te tendent. Tu comprends, un piège !

– Écoute mon vieux, personnellement je ne te connais pas, alors tu vas gentiment t'asseoir, le temps que je passe un appel à un ami, si tu vois ce que je veux dire.

– Lolita ne devait pas venir seule à Berlin. Nous l'attendions Alana et moi. Elle était censée nous présenter quelqu'un. À présent, en te voyant, je comprends mieux ce qu'elle a voulu me dire en partant du Berghain.

– Qu'est-ce qu'elle t'a dit ?

– Elle m'a parlé d'un homme qu'elle a aimé et pour qui elle a déjà pu tuer par le passé. Du moins c'est ce qu'elle croyait.

– C'est pour ça qu'Interpol est à sa recherche ?

– Non elle détient des informations, une vraie bombe à retardement mais à force de trop attendre pour tout dévoiler, ça va finir par lui péter en pleine figure.

– Pourquoi ne va-t-elle pas voir la police ?

– Tu n'as pas compris Caproni ?

– Compris quoi ?

– Alana, Lolita, c'est pour toi qu'elles font tout ça.

Je reste sans voix, ma tête bourdonne. L'homme se retourne vers la fenêtre en fermant son ordinateur portable, il lève les yeux vers une lumière. J'entends le sifflement d'une balle puis le claquement d'une détonation comme un écho inversé, un tir à balle réel qui frappe Muller en pleine tête. Comme un animal sans défense, il s'effondre sur le parquet, tué sur le coup. Je m'agenouille dans une mare de sang, en cherchant du regard l'image d'un tireur. Ma tête me fait si mal. Je pose mes mains sur mes yeux pour calmer la douleur. Je me revois alors assis à l'arrière d'un gros 4X4 américain. Je vois ton visage Lolita, c'est bien toi qui me souris et Alana qui se sert à tes côtés. Le conducteur me parle sans que je ne distingue son visage, ni que je réussisse à comprendre ce qu'il me dit. Il n'y a aucun bruit qui accompagne cette course poursuite. J'ai l'air d'avoir peur. Je montre quelque chose sur la route et la voiture part en tête à queue. Elle a fait plusieurs tonneaux avant de s'écraser contre un arbre.

C'était juste avant de perdre connaissance, le visage en sang et la jambe brisée, je te revois juste devant moi, Markus Muller, toi, le chauffeur de nos destins.

(1) Extrait du Passage des cyclones par Calogero

CAPSULE N°2

PARIS - NOV 2017

La première image qu'on a d'une personne est celle qui reste gravée dans la mémoire, tout comme la dernière d'ailleurs. J'avais déjà lu des livres sur l'amour, regardé des séries ou des films à l'eau de rose. Mais j'étais loin de m'imaginer ce que ma mémoire avait effacé. Ce matin-là, tu traînais boulevard Haussmann dans une boutique All Saints, à essayer des fringues, juste pour te sentir belle. Je faisais mine de tourner entre les présentoirs lorsque je t'ai vue sortir de la cabine d'essayage. Tu portais des bottines hautes, une jupe crayon en cuir noir et petit pull blanc à moitié transparent. Cet ensemble te donnait une stature et une aisance que je n'avais pas encore perçues en toi. Ta cambrure et tes cheveux blonds... j'avoue avoir pris un éclair en plein cœur. J'ai shooté une dizaine de photos avec l'appareil qui était caché dans la boutonnière de mon manteau. Je suis resté figé, la bouche sèche et la pupille humide. Malgré tout cet émoi, personne ne faisait attention à moi, comme si j'étais un figurant à l'arrière-plan d'un flou artistique, transparent. Tu es sortie de la boutique un grand sac d'habits dans chaque main. Tu marchais la tête haute, fière et distante, avec un côté femme moderne.

Je sais que tu rêverais d'être une princesse, d'aller dans des musées, des vernissages d'art contemporain et en même temps, tu te verrais bien vivre au bord de l'eau dans une maison de pêcheur sur l'île d'Artz ou sur Port Leucate. La mer c'est ton royaume. Les yeux pointés vers l'horizon, tu rêves d'aventure, de tout plaquer. Mais avant de partir, tu dois réussir à reconnaître ta part d'ombre, elle te poursuivra comme une malédiction, une prison éternelle qui t'empêchera de vivre, quoi que tu fasses.

Je t'ai suivie sans un mot, dans le métro, sur le boulevard richard Lenoir et dans la rue Pihet où tu as poussé la porte bleue du numéro 6. C'est bien ici que tu vis Lolita. Cela n'a pas été si difficile te retrouver. Sur tous les vols Détroit-Paris que j'ai étudié, tu étais celle qui avait le profil le plus atypique. Un billet d'avion acheté en espèces le jour du départ, aucune trace d'un trajet aller, une jeune française, la trentaine, voyageant seule, sans bagages. Ça ne pouvait être que toi. Même l'adresse inscrite sur ton passeport était fausse. Tu es restée pratiquement deux ans à vivre dans l'anonymat le plus total, pas d'emploi, ni de comptes Facebook, Instagram ou toute sorte de réseau social, comme si tu avais reçu l'ordre de rester en dehors du monde moderne, protégée de tout jusqu'à ce 13 novembre 2015 et cette nuit de malheur qui s'est abattue sur Paris. La police judiciaire a pris ta déposition au petit matin après l'attaque terroriste rue de la fontaine au roi. Entre le bruit des balles et le silence qu'impose la mort, tu es venue porter secours aux victimes, parce qu'à ce moment-là de l'existence, l'urgence c'était juste de vivre et de répondre à l'appel au secours. Etrangement la police a noté ta profession comme médecin, chose que je n'ai jamais réussi à déterminer. Tu as laissé un numéro de téléphone et aussi une adresse. Tout cela, je l'ai découvert grâce aux flics de PJ que j'ai connus à l'hôpital.

Une amitié est née au fil des entretiens que nous avons eu et quand ils ont appris que j'avais un cabinet de détective privé, ils ont tout de suite été les premiers à me soutenir et à m'aider.. On dit parfois qu'il faut savoir d'où l'on vient pour savoir où l'on va. Pour ma part, je ne sais ni l'un ni l'autre. Ma vie c'est dans l'instant, une seconde plus une autre et ce sont déjà des souvenirs qui s'entassent. Ma mémoire s'est ouverte sur ton regard Lolita comme une clé invisible qui serait rentrée dans mon cœur pour le libérer, l'aider à s'évader à la façon d'un Michael Scofield ou d'un Rimbaud dans sa prison de Mazas. Il y a un peu de nous dans leurs histoires. Nous les prisonniers oubliés, ceux dont la vie ne veut pas, les borderlines, Outsiders. Je suis resté un peu plus d'une semaine à t'observer, caché dans cet Airbnb de l'immeuble d'en face, avant de pouvoir t'aborder. J'ai appris tes allées et venues, tes habitudes et tes échappées nocturnes, à tenter de découvrir qui tu étais, à tomber amoureux sans m'en rendre compte quand je te voyais danser entre la télé et le canapé avec l'exactitude d'un métronome et la beauté de « Bébé » (1).

Tu souriais parfois aux anges comme s'ils t'accompagnaient dans tes chorégraphies improvisées, dans la solitude de ta vie où eux seuls veillaient sur toi. Tu t'occupais de jeunes enfants dans une école maternelle du quartier. Une fois les cours terminés, tu devenais pour ces bambins la fée marraine avec des gestes légers, remplis de mystère et d'une pointe de caractère. Tu étais ce petit lien entre le jour et la nuit, ce chêne indestructible qui aide l'enfant à exister avant que papa ou maman ne viennent le chercher. Tu avais besoin de rêver à chaque instant, dans un regard, une émotion, une musique cachée dans l'orchestre de ton cœur. Tu n'étais pas la seule à l'entendre, regarde mes pieds, ils battent le tempo en même temps que toi, à en faire vibrer le monde tout entier.

J'avance vers toi attiré par cet aimant invisible que tu caches en toi. Sa puissance est si forte que je me rapproche de manière irrésistible. Un matin alors que tu rentrais du marché, deux hommes t'ont bousculée pour voler ton panier. Tu t'es accrochée à sa anse pendant qu'ils te traînaient sur le bitume. J'ai hurlé pour les mettre en fuite en me lançant à leur poursuite. Ils ont fini par détaler quand le panier s'est déchiré en laissant sur tes lèvres quelques traces de griffure. Je me suis approché lentement, comme vers un chien blessé, pour ne pas t'effrayer.

– Tout va bien madame ?

Tu as levé la tête avec ce petit visage perdu. J'ai vu la lueur de tes yeux, ta bouche entrouverte. Quelque chose s'est illuminé en toi comme si j'avais appuyé par mégarde sur un interrupteur caché. On aurait dit que tu venais de retrouver un être cher, un fantôme sorti de je ne sais quel souvenir. J'aurais pu prévenir Forbes depuis des mois mais ta fragilité m'a fait prendre conscience qu'il y avait peut-être une raison bien plus profonde à notre rencontre.

– Prenez ma main, je vais vous aider.
– Merci vous êtes gentil.
– C'est bon vous n'avez rien ?
– Ça va, juste un peu la tête qui tourne.
– Vous les aviez déjà vus traîner dans le quartier ?
– Oui ce n'est pas la première fois. D'habitude ils ne sont pas comme ça. Vous êtes nouveau ici ?
– Juste de passage. Je suis, comment pourrait-on dire, en escale.
– Faites attention...
– ... Harry.

– Faites attention Harry, il y a des escales qui peuvent durer toute une vie.

Je suis armé d'un Glock 45 et pourtant dans ton sourire, je me sens plus fragile que Pinocchio sans Gepetto. Je sais que je pourrai finir comme lui, pendu aux branches d'un vieux chêne. Mais je sens qu'en un baiser, le temps pourrait s'inverser. Je crois au côté indestructible des sentiments, à tout ce que je lis dans ton regard, comme un grand livre ouvert sur une terre de mystère et d'amour. Et si je regarde dans ton dos, je vois nos ombres qui dansent (déjà).

(1) Personnage interprété par Jennifer Grey dans le film Dirty Dancing

CHAPITRE 7

LA FEMME ENCHAÎNÉE

Le coroner referme le grand sac noir dans lequel repose le corps de Markus Muller. Je reste en retrait dans un coin de la chambre pendant que Schumann finit de discuter avec deux de ses collègues. Il y a un quatrième homme avec eux. Au-delà de sa carrure de quarterback et de sa taille imposante, son allure dénote avec les autres policiers. C'est peut-être à cause de son costume noir, de sa chemise blanche ou de la manière qu'il a d'observer la scène de crime. Sa présence est bien plus importante que son apparente distance laisse transparaître. Il a cette décontraction américaine à la Will Smith et un côté inspecteur Luther dans le physique.

– Caproni, approchez s'il vous plaît.

– Il y a un problème commissaire ?

– Je vous présente l'agent Bauer, de l'ambassade américaine à Berlin.

L'homme me broie la main dans un sourire froid, sûrement un de ces bizutages de sportifs pour pouvoir faire partie du clan. Je m'y attendais un peu, c'est bizarre, comme si j'avais déjà rencontré ce type d'individus des dizaines de fois.

– Grâce à la contribution du FBI, nous avons pu découvrir sous quelle identité Alana Gramm était rentrée aux États-Unis. C'était un véritable agent secret cette fille, être capable de changer autant de fois de nom, c'est pas commun dans une vie.

– C'est un peu plus compliqué que ça en réalité, répond l'américain d'une voix grave. Je n'ai pas encore tous les éléments, mais elle faisait partie d'un programme de protection des témoins dans une affaire criminelle dont le jugement est prévu au printemps prochain.

– À Détroit je suppose, lui ai-je demandé.

– Oui, c'est ça. Comment vous savez ?

– C'est logique.

– Est-ce que le nom de Jessica Calvo vous dit quelque chose ?

– Non je suis désolé.

– J'avais espoir que Mademoiselle Camwell, vous ai déjà parlé d'elle.

– Lolita ne parlait jamais de ses amis. Au début quand on s'est connu, j'avoue qu'on sortait beaucoup sur Paris. Chaque week-end c'était restaurant, concert et puis dès la deuxième année, on a commencé à s'isoler du monde extérieur. On a fait comme beaucoup de couples, oublié de rêver et de se faire rêver, l'un et l'autre, c'est comme ça, que voulez-vous. Et puis bizarrement, c'est au moment où on était le plus éloigné l'un de l'autre, qu'on a décidé de vivre ensemble, comme ça sur un coup de cœur mais c'était une erreur.

– C'est en prenant des risques qu'on a la chance d'être heureux.

– Nous l'étions déjà.

– Vous en êtes bien sûr ?

– Lolita est une femme très secrète vous savez. Je serai incapable de vous dire où elle disparaissait, par exemple, parfois pendant des jours entiers.

– Vous pensez qu'elle voyait quelqu'un d'autre ?

– Non. Mais si votre Alana, Ella, enfin je ne sais pas trop comment elle s'appelle, faisait partie d'un programme de protection de témoin, on peut légitimement penser qu'il en est de même pour Lolita.

– Qu'est-ce que vous savez d'autres sur elle, demande le Commissaire ?

– Ella Kagan était une étudiante en médecine à l'université de Détroit. Elle était en train de finir sa thèse quand elle a disparu. Il n'y a que le département de la justice qui pourrait répondre à ces questions. Il y a d'ailleurs quelqu'un à Washington qui aimerait beaucoup vous rencontrer Monsieur Caproni.

– Je ne peux pas partir comme ça. Je n'ai pas de visa et puis surtout une enquête à finir. Il y a Lolita aussi.

– Elle est peut-être déjà partie. Vous ne savez plus rien de sa vie d'aujourd'hui en fait. Ça se trouve, elle est déjà avec un autre homme et vous n'en savez rien.

– Vous avez raison commissaire, ça fait partie des possibilités.

– C'est en partant d'ici que vous trouverez des réponses à vos questions. C'est toujours comme ça. Il faut faire un pas pour avancer. Rester à l'attendre ne vous dira pas si elle tient encore à vous.

– Vous devez avoir raison.

– Venez avec nous à l'ambassade, nous pouvons vous délivrer un visa en moins d'une heure. Pour votre billet d'avion et l'organisation de votre séjour, c'est le FBI qui prendra tout en charge, ne vous inquiétez pas.

– Allons-y alors, une telle invitation ne se présente qu'une seule fois dans sa vie après tout.

Nous quittons l'hôtel comme dans une scène au ralenti, façon Réservoir Dogs. J'avance comme un zombi perdu dans la brume de mes pensées. Je monte sans un mot dans une Mercedes aux vitres fumées. Nous voilà en route pour l'ambassade américaine ici à Berlin, qui aurait cru. J'étais venu te chercher Lolita, j'espérais juste un signe de toi. Je n'avais aucun plan en tête, pas même un bouquet de roses, ni de sac d'épines à t'offrir. Je voulais juste me retrouver face à toi, ne serait-ce qu'une minute, le temps de voir dans tes yeux s'il y avait encore une place pour moi. C'est peut-être mieux ainsi. Tu n'as sûrement pas envie de me retrouver.

– Muller travaillait aussi pour le FBI ?
– Non, il appartenait au BKA, répond Schumann.
– Qu'est-ce que la police criminelle vient faire dans une affaire de protection des témoins ?
– Le FBI n'a pas pu me donner d'explication sur ce point.
– C'est étrange, mais j'ai eu l'impression de le connaître dès que je l'ai vu. J'ai dans ma mémoire, l'image de son regard dans le rétroviseur d'une voiture, juste avant qu'il ne se brise. Il faisait nuit. La route était sinueuse. Il avait l'air serein et puis soudain j'ai senti la peur, un accident.
– Nous arrivons bientôt. Vous êtes en sécurité avec nous Caproni, ne vous inquiétez pas.

Oui, et Lolita dans tout ça. Forbes est à sa recherche lui aussi mais ce n'est pas elle qu'il veut. Lors de notre première rencontre, il m'a parlé « des étoiles de Cassiopée ».

D'après mes recherches, il s'agit d'une constellation à 5 étoiles qui dessine un M ou un W, suivant l'axe où l'on se trouve. Il a dit qu'il lui manquait une de ces étoiles. Je ne sais pas pourquoi, mais j'ai absolument voulu en placer une à chacune de ses extrémités. Mais Cassiopée permet surtout de trouver l'étoile polaire, Andromède, « la Femme Enchaînée ». C'est elle qu'il faut trouver, « la Femme Enchaînée », c'est ça la clé.

– Nous allons prendre une photographie ainsi que vos empreintes, Monsieur Caproni. Je vous laisserai ensuite avec mes collègues pour toute la partie administrative.

Je fais un signe d'approbation du visage en descendant de la Mercedes. Très vite, le flash d'un appareil photo crépite dans mes yeux. Une femme prend mes doigts et les dépose un par un sur une tablette numérique ultra sophistiquée. Je vais pour leur laisser mon passeport quand le visage d'un des opérateurs change soudain d'expression. Il montre quelque chose sur son écran avec un air interrogatif.

– Il y a un souci, ai-je demandé intrigué ?

Personne ne me répond. Schumann et l'agent Bauer se rapprochent à leur tour.

– Vous m'avez bien dit, ne jamais être allé en Amérique, demande le Commissaire.
– J'aimerais pouvoir vous répondre l'inverse dans quelques heures, mais à ce que je sache non.
– Caproni, vos empreintes sont déjà enregistrées dans notre base numérique, regardez.

Il tourne l'écran vers moi jusqu'à ce que mes yeux se posent sur une photo de moi, 10 ou 15 ans plus jeune. Je vois le signal d'alerte qui clignote. J'ai le regard vide comme cette boîte où ma mémoire est enfermée. Toute ma vie est barrée au crayon noir, interdiction d'espérer, ni même d'aimer.

– Comment c'est possible ?

– Elles correspondent à un visa étudiant délivré par l'ambassade des Etats-Unis à Paris au nom d'un jeune chercheur en médecine, Antoine Salieri.

– Cette identité fait elle aussi partie du même programme de protection de témoin qu'Alana Gramm.

– Je ne me souviens de rien, je suis désolé. Je voudrais pouvoir vous aider, mais il y a grand blanc dans ma mémoire. Il faut que je vois cet agent du FBI à Washington, lui au moins, il doit pouvoir dire qui je suis.

– Nous ne pouvons pas vous laisser partir Détective. C'est impossible. D'ici, je n'ai pas le pouvoir de vous délivrer un visa alors que vous êtes déjà enregistré sous une autre identité. Je suis vraiment désolé, j'aurais aimé pouvoir vous aider.

CHAPITRE 8

SUR UN FIL

J e lève des yeux remplis de tristesse et d'innocence vers le Commissaire Schumann qui marche sur le trottoir d'une rue déserte qui donne sur l'arrière-cour de l'ambassade américaine. J'ai l'impression de t'avoir perdue une nouvelle fois Lolita, comme si je n'avais pas réussir à rétablir le lien qui nous unissait. Mais dans le même temps, j'ai le sentiment qu'il n'y a qu'en te retrouvant que ma mémoire reviendra elle aussi. Je ne sais pas qui est cet Antoine Salieri. Avait-il des parents, un enfant. On dirait un personnage lointain de la commedia dell'arte. Ce n'est pas moi. Je m'appelle Harry Caproni, vous comprenez ça. Tu m'appelais bien mon amour, est-ce que cela peut vouloir dire quelque chose aujourd'hui ? J'ai appris que seul le présent compte. Tout ce qui a été fait avant ne pourra jamais être changé de toute façon. Le passé devrait faire de moi ce que je suis aujourd'hui avec les fondations de mon enfance, la structure de ma jeunesse et mon cœur criblé par les balles de la vie. J'existe autrement et depuis que tu es loin de moi, tout simplement je survis.

– Et maintenant…

– Je vais rentrer à Paris. Ça ne sert à rien de partir en Amérique sans Lolita. Ça n'apportera aucune réponse à mes questions. Et je ne suis pas certain que cela m'aide à résoudre cette enquête.

– Maintenant que la machine est lancée, vous ne devriez pas tarder à avoir des nouvelles du FBI de toute façon.

– C'est pour ça. Il faut que je rentre et que je m'organise.

– Je vous dépose à l'aéroport ?

– Avec plaisir oui mais avant de partir, j'aimerais beaucoup passer saluer votre épouse.

– Comme ça, je pourrai récupérer ma voiture, je pense qu'elle doit déjà être réparée.

– Je ne sais pas si un jour, j'aurai l'occasion de revenir à Berlin. C'est important pour moi d'avancer. Vous êtes quelqu'un de bien Schumann.

– Vous serez toujours le bienvenu, Caproni. Vous êtes ici chez vous, à Berlin.

Pendant que nous roulons vers la Karl Marx Allée dans une voiture de l'ambassade, je me nourris une dernière fois de l'énergie de cette ville, tout en réservant mon vol retour sur mon téléphone portable. Je laisse partir derrière moi, les souvenirs de nos nuits berlinoises, le regard tourné vers l'avenir, vers cette page blanche que j'aimerais écrire (avec toi). Toutes ces imperfections qui glissent en moi sont ma part d'ombre. Elles font partie intégrantes de ce que je suis, ça me donne parfois un côté sensible ou fragile alors qu'en fait c'est tout le contraire. Cette hypersensibilité c'est mon chemin vers la lumière, vers cet espoir de te revoir. J'ai vécu comme une ombre bien plus souvent que tu ne crois, le regard tourné vers la lumière, effrayé à l'idée de l'affronter à nouveau.

C'est dans cette vie d'obscur, recouvert des cendres de ma vie que j'ai retrouvé la flamme de mon cœur, mon Calcifer (1) et mon secret. Je veux pouvoir embellir ce monde à ma façon, retrouver l'amour, le vrai, le beau, non pas celui qui porte à l'échafaud, mais celui qui transforme la vie en idéaux, celui qui fait de nous des êtres de lumière. Nous sommes de ceux qui savent embrasser les éclairs comme si nous étions branchés sur courant alternatif, capables de s'enflammer au simple craquement d'une allumette, de tout brûler mais surtout d'aimer. Si tu pouvais seulement toucher mes doigts Lolita, voir ton reflet dans le bleu de mon âme. Je sais que ce sera difficile, qu'il y aura encore des regrets à surmonter mais à force de rires et de souvenirs, nous réussirons bien à nous bâtir un avenir, comme si nous avions encore cette capacité à nous réinventer, à faire de nous un joyau. Le chauffeur nous dépose sur un trottoir enneigé alors que la ville se pare de ses plus belles lumières. Je marche en équilibre. Je sais qu'à tout moment je pourrais tomber, mais j'avance malgré tout, quoi qu'il arrive. Je voudrais qu'on remplisse des valises de regrets, qu'on se dise tout ce que nos cœurs supportent et qu'on les enferme à tous jamais. Cela prendra le temps qu'il faudra mais peu importe. Une fois le verrou fermé, nous n'aurons plus qu'à les expédier à une adresse inconnue quelque part en Chine ou ailleurs. C'est à ce moment-là seulement que nous partirons danser et que le temps de vivre sera revenu. Dans cet ascenseur qui nous conduit au 9ème étage d'une des tours latérales de l'immeuble, je constate dans le reflet du miroir que le Commissaire Schumann a l'air épuisé lui aussi. J'avais déjà remarqué cela, la dernière fois que je suis venu ici. Il y a une angoisse qui se dégage de lui à chaque fois qu'il presse le bouton du numéro 9, comme si la peur de perdre la femme de sa vie faisait cogner les tambours de son cœur un peu plus fort.

Ils sont comme deux êtres reliés pour l'éternité. Voilà des années qu'ils affrontent la maladie sans jamais s'apitoyer, ni même s'étaler sur leur malheur. Cette vie, c'est la leur, leur fardeau, leur cadeau. C'est dans la peine que leur amour a grandi. Les portes de métal se sont ouvertes et nos regards se sont figés sur un ballet de lampes torches qui filent sous la porte de l'appartement 917. Schumann sort son arme et je l'imite instinctivement. Comme Steve McQueen dans Bullitt, j'ai la pédale d'accélérateur de mon cœur qui s'enfonce puis se relâche. Ma main se pose sur la poignée de la porte et je la baisse avec délicatesse. À l'intérieur, deux hommes, typés albanais essaient d'emmener de force madame Schumann mais comme un rocher enfoui dans la mer, ils ne parviennent pas à la déplacer.

– Police ne bougez plus !

Ils renversent le fauteuil de la pauvre femme pour nous faire barrage. Elle s'effondre sur le sol dans un bruit d'os qui se cassent. Le plus grand des deux, aux allures de tueur des forces spéciales, sort un pistolet de son holster. Sa veste en cuir s'écarte légèrement, ses mains épaisses saisissent la crosse. Schumann l'abat avant qu'il ne dégaine. Je vois le regard de Madame Schumann appeler à l'aide. L'autre voyou bondit sur la table basse comme un gymnaste au sol, athlétique et puissant. Je prends sa pointe de pied en plein visage comme un coup de fouet dans mon cerveau, mes jambes vacillent. Que cet assassin s'enfuit et parte au diable, nous nous retrouverons un jour où l'autre, ce doit être écrit. Le commissaire s'agenouille auprès de son épouse et la relève délicatement, en prenant soin de caler son visage contre son cœur. Elle s'arrête lentement de trembler en laissant des larmes couler sur ses joues.

Je me retourne vers l'homme au sol qui agonise dans son sang. Je m'approche en écartant d'un coup de pied, l'arme qu'il a laissée au sol. Il saisit ma jambe dans un dernier sursaut et me tire vers lui jusqu'à ce que je pose mon oreille contre sa bouche. Il a la voix qui tremble et dans un anglais aux accents baltes, il murmure apeuré.

– Je ne voulais pas la tuer. Vous devez me croire. Forbes is the Matador. C'est ce que j'ai à vous dire, Forbes is the Matador.

L'homme est mort, stoppé dans sa tirade, comme anéanti à distance, le cerveau broyé par une décharge explosive qui venait de dynamiter les deux lobes internes de son cerveau.

– Je crois que je vais rater mon avion, ai-je dit en me relevant comme si il fallait que je m'enfuis d'ici le plus vite possible.
– Vous avez réservé sur quel vol du coup ?
– Le Berlin-Paris de 17h32 avec la Lufthansa.
– Je vais vous faire appeler un taxi, c'est un de mes indics, ne vous inquiétez pas. (Il pianote à toute vitesse sur son téléphone. Moins de 5 secondes après l'appareil se met à vibrer et le rendez-vous est confirmé). Il vous attend en bas, vous pouvez descendre mon ami.
– Merci Commissaire, je vous dois une fière chandelle.
– J'aurais aimé vous aider encore un peu plus mais c'est ici que nos routes se séparent. J'espère que vous me comprendrez un jour... ma femme c'est tout pour moi, c'est dans ses yeux que je vois la vie. Il n'y a pas d'avenir sans elle.
– Je comprends, ne vous inquiétez pas. Adieu commissaire.

Je suis parti en enjambant le cadavre de cet homme. Le buste droit, j'avance vers la sortie comme un zombie. Ma tête est tellement pleine d'émotions que j'en oublie la principale raison de ma venue ici. Je crois de toute façon que j'aurais pu retourner Berlin, je ne t'aurais jamais retrouvé de toute façon. Tu t'es enfuie dans la nuit comme une ombre invisible. C'est ton choix, je n'y peux rien. Je referme la porte de l'appartement derrière moi sans un regard dans mon dos. J'entends le loquet qui claque aussi fort que ton absence, comme un couteau planté dans mon ventre, sa lame était toujours là. Je ne te l'ai pas assez dit je crois. C'est toi que j'aime Lolita.

« Je t'aime une fois, je t'aime deux fois, je t'aime trois fois, je t'aime plus que le riz et les petits pois. » (2) Je t'aime une fois, je t'aime deux fois, cette ritournelle, c'est bien comme ça qu'on doit s'aimer Lolita, comme ça qu'on doit chercher à exister.

(1) Personnage du Château ambulant de Hayao Miyazaki

(2) Une citation de la série Desperate housewives prononcée par Mike à Susan

CHAPITRE 9

PARDONNE-MOI

Je pars à la recherche de la vérité, de ma mémoire perdue et de la femme que j'aime. Je veux me battre pour la reconquérir, ne pas lui faire de faux espoirs, être sincère tout simplement. Alors je m'accroche à ce fil invisible qui me relie à toi Lolita comme si j'étais face à une montagne immense qu'il fallait gravir à la seule force de mes doigts. Ce flic m'a montré la voie pour être heureux, il m'a fait comprendre que même un dernier de cordée comme moi, a une chance d'atteindre ses rêves. Si je pouvais seulement avoir la chance de te revoir, ne serait-ce qu'une seule fois, d'entendre ta voix, de poser mon regard sur le tien, de le couvrir de mon amour, d'essayer de rallumer le phare de nos vies. Il est temps de nous remémorer notre avenir comme si nous l'avions déjà vécu, pour le bâtir encore plus beau, peu importe comment, le plus fort sera le mieux. J'avance un sac de voyage sur l'épaule avec un air absent en cherchant ma place dans l'avion. Je me faufile entre les passagers stressés et les familles décomposées. J'arrive enfin jusqu'à mon siège, dans la partie arrière de la carlingue. Une hôtesse s'occupe de mon bagage avec un faux sourire qui colle parfaitement à la froideur de son visage.

Je m'installe en vissant mon casque Beats sur mes oreilles avec les rythmes électros de Röyksopp et Lykke Li. Mes yeux se ferment en attendant le décollage. C'est souvent comme ça quand le cerveau sature et que les émotions sont trop fortes. Il n'y a que dans le sommeil que je me régénère. « Were you ever wanted » (as-tu déjà voulu), cette phrase qui se répète en boucle dans ma tête me rappelle tout le mal que je t'ai fait Lolita, par ma lâcheté, mon manque d'implication et surtout d'avoir oublié d'être fou, de ne pas t'avoir fait danser, rire et chanter. Tu étais ce bouquet de fleur que j'ai caché dans la pénombre alors qu'il avait tellement besoin de lumière.

« On ne partage pas sa vie avec quelqu'un parce qu'il est gentil, mais parce qu'il vous fait vibrer, rire, parce qu'il vous emporte sans vous retenir.» (1)

Marc Levy avait raison, ce doit être ça le choix d'une vie de couple. J'en ai bien conscience, tu sais. L'homme que j'étais devait être d'un ennui, comme si je m'étais enfermé dans un rôle qui n'était pas le mien. La folie, la surprise, l'imagination, c'est tout ce qu'il faut dans un couple pour maintenir l'émoi des premiers jours. Sauf que parfois on oublie pourquoi on s'est aimé, on regarde les heures passées devant une série télé. On ose même plus se prendre la main, posé sa tête l'une contre l'autre avec tendresse. L'amour est une flamme capricieuse qui peut disparaître comme ça sans qu'il y ait vraiment besoin d'un cyclone, juste dans l'absence d'un regard ou dans le quotidien meurtrier celui qui nous fait oublier parfois qu'aimer et être aimé est la plus belle chance qu'on ait sur cette terre.

Je t'ai déçue jusqu'à ce point de non-retour. Mes chances de te retrouver sont quasi nulles, je ne me fais pas d'illusion. Et pourtant mon « Jiminy Cricket » me dit que même s'il n'y a qu'une seule chance, il faut la tenter. Ma petite voix intérieur ne s'est jamais trompée. Elle a toujours été ce guide fidèle même quand tu es partie, il était là pour m'empêcher de tendre la corde, de ne jamais presser la détente car personne ne sait de quoi demain sera fait. Chaque jour est une surprise. Notre destin est imprévisible. Alors oui, il y aura encore des bas dans nos vies, mais il y aura surtout des hauts, il y aura des fou-rires, du plaisir et des soirs de mambo, tu peux me croire, j'en fais serment. Je monte le son de mon téléphone sur le beat de fin et la voix de Likke Ly. Je m'endors sans même voir qu'à trois rangées derrière moi, Lolita vient de clipser sa ceinture de sécurité, la capuche de son pull posée sur ses cheveux blonds. Elle a une émotion dans son regard qui ne ment pas et des larmes sur ses joues quand elle me regarde. Elle n'est, elle aussi, qu'à un pas de bouleverser sa vie.

Le commissaire Schumann dépose un baiser sur les cheveux de sa femme en la couchant dans son lit avec délicatesse et amour, comme une poudre d'or qu'un courant d'air pourrait faire disparaître dans l'air. On dirait qu'elle ne souffre pas plus que d'habitude.

Une infirmière a l'habitude de passer chaque jour en fin de journée pour la soigner, il sera toujours temps d'envisager son transfert à l'hôpital, pour une levée de doute ou tout au plus une radio de contrôle. Il a tellement peur de la perdre que sans s'en rendre compte, il l'a enfermée dans ce tombeau d'appartement, sa pyramide à elle. Il a déjà tout tenter pour la sauver mais le pronostique des médecins n'est pas bon. La dégénérescence des cellules est proactive, elle pourrait partir en quelques jours, sans avoir le temps de dire adieu aux gens qu'elle aime. Schumann part s'isoler dans l'alcôve sombre du balcon, le temps d'allumer un cigarillo à la pointe d'une allumette. Il a l'œil noir des mauvais jours, la pâleur et l'horreur gravés sur son visage. Il crache la fumée dans la nuit. Elle s'évapore dans le froid et les bruits de la ville. Il tremble à chaque bouffée, impatient, insolent quand son téléphone se met soudain à vibrer. Il tire une dernière latte en jetant le mégot dans le vide comme une pauvre âme qui tombe de haut.

– Vous avez essayé de m'appeler ?

– Il rentre sur Paris. Ce soir. Il sera sur le vol de 17h32 par la Lufthansa. Il devrait atterrir à Charles de Gaulle vers 19h.

– Je vais prévenir mes hommes. Nous vous en serons reconnaissant.

– Je compte sur vous Docteur Forbes, tout ça c'est pour ma femme que je le fais. Je suis un homme intègre vous savez. Mais je ne serai rien sans elle. Vous êtes certain que vous pourrez la sauver ?

– Je vous ai donné ma parole commissaire, elle vivra. C'est bien ce que vous m'avez demandé.

– Oui.

– Ne vous occupez plus de rien à présent, c'est moi qui reviendrais vers vous.

– Mais quand ?

– Bientôt.

Forbes raccroche dans une froideur effrayante, laissant le commissaire Schumann face à ses doutes et ses remords. Au même moment, un téléphone se met à sonner dans l'appartement avec la musique de Mission Impossible. On dirait qu'elle vient du cadavre allongé sur la moquette du salon. Schumann reste sans respirer, il s'avance lentement vers cet inconnu et sort de la veste en cuir, un IPhone XR noir. L'écran indique un appel manqué. Le téléphone sonne à nouveau. Schumann fixe effrayé ce nom qui s'affiche, The Matador, un numéro, celui du professeur Forbes. Les deux mains dans l'engrenage, il sait qu'il est déjà trop tard et que les lâches n'ont pas toujours le même visage.

(1) Extrait d'Une autre idée du bonheur par Marc Levy

CHAPITRE 10

L'OISEAU DE FEU

Retour à la case départ, l'avion s'est à peine posé sur le tarmac de l'aéroport que les premiers passagers font déjà la queue dans l'allée centrale, hystériques et méprisants, prêts à retourner dans les couloirs d'un métro bondé, à se laisser emporter sur un tapis roulant comme des pantins transparents. Mon voyage à moi est terminé. Je reste assis les yeux dans la vague à observer les lumières de l'aérogare à travers le hublot. Je n'ai pas envie de descendre. Je veux rester dans ce monde en perpétuel mouvement. J'aimerais qu'il n'y ait plus de pause dans ma vie, découvrir de nouveaux horizons, marcher à la lisière d'une terre que je ne connais pas. C'est dans cette voie que j'aurais dû m'engager en sortant de l'hôpital, plutôt que de m'enfermer dans la tristesse d'un bureau à faire quelque chose que l'on a décidé pour moi. Cela m'avait paru si logique au départ, c'est que je devais aimer ça quelque part. Je pose mes mains sur mes yeux pour retrouver cette image de toi que j'ai gravée en moi, effacer ce mal de tête qui me fait souffrir depuis que je suis sorti du coma, comme si un corps étranger bouchait l'accès à mon passé.

L'hôtesse de l'air pose sa main sur mon épaule. Elle me jette un regard noir pour me faire comprendre qu'il faut sortir. Les derniers passagers viennent à peine de quitter la cabine. J'attrape mon sac à dos dans le porte-bagage et m'engage sans un mot dans la passerelle de débarquement. De l'autre côté de la rambarde, les voyageurs d'un autre vol attendent leur tour pour décoller. Leurs yeux reflètent l'espoir et l'imprévu, une petite pointe d'angoisse aussi, tout comme ces cinq hommes qui attendent derrière les vitres des arrivées. Ils dévisagent un à un chaque personne qui rentre dans le carrousel à bagages, prêts à se jeter sur leur proie. Moi. Ils ont exactement la même allure que les deux hommes que nous avons surpris dans l'appartement du Commissaire Schumann, le genre tueur à gage du bloc de l'Est, tout droit échappés des milices serbes d'Arkan.

Je ralentis mon pas en baissant la tête, je ne veux pas qu'ils me voient. Quand soudain je sens une main dans la mienne qui m'attire vers elle. Une capuche vissée sur sa tête, Lolita m'entraîne dans une salle parallèle où deux hôtesses finissent l'embarquement d'un vol, cachés derrière l'écran de leur ordinateur.

– Tu as vu, les hommes de Forbes là-bas, c'est pour toi qu'ils sont là.

– Oui j'ai vu. Je ne sais pas qui les a prévenus.

– Viens avec moi. Il restait des places de disponibles sur ce vol. J'ai les billets sur mon téléphone, j'espère qu'elles vont nous laisser passer sans trop faire de difficultés parce que sinon, on est coincés.

Elle a lâché ma main. Je l'ai suivie sans trop chercher à comprendre ce qu'elle laissait sous-entendre. Je sais qu'elle a en elle l'instinct et la détermination d'une Jodie Foster dans Panic Room. Rien ne peut lui résister quand elle est comme ça.

– Attendez-nous. Notre avion a eu du retard, dit Lolita en retirant sa capuche. J'espère qu'il n'est pas trop tard. Dites-moi qu'on peut encore partir. C'est notre voyage de noce, vous n'imaginez pas.

– Vous avez de la chance, croyez-moi, dit une des hôtesses en vérifiant simplement nos billets. Dépêchez-vous, avant que le commandant de bord ne fasse fermer les portes de l'avion. Nous allons le prévenir, je ne vous garantis rien, allez dépêchez-vous.

– Allons-y, me dit-elle dans un regard fuyant.

Je la détaille en une fraction de seconde, comme un arrêt sur image sur son visage rond, ses cheveux blonds aussi fins que légers, coiffés à la façon de Patricia Arquette dans Médium. Elle est un peu tout ça Lolita, une femme forte et indépendante, sensible à l'art et à l'esprit, un côté brut et touchant, un cristal fragile à la fois sombre et lumineux. Te voilà revenue ma magicienne, mon étincelle, toi seule pouvait ramener ma barque vers la vie, retrouver goût à la folie. Tu me souris lorsque l'urgence du destin redémarre sur un accéléré. Nous courons sur la passerelle pendant qu'au niveau de la zone bagage, les hommes de Forbes, leurs téléphones vissés à leurs oreilles, tentent de retrouver une quelconque trace de moi, paniqués à l'idée de devoir annoncer la terrible nouvelle à leur maître vénéré. Le détective Caproni a disparu.

Nous prenons place sur nos sièges épaule contre épaule, encore pris dans l'excitation et la fuite. Même s'il n'y a personne autour de nous, tu cherches cette proximité, comme si tu voulais réussir à retrouver les derniers secrets de mon âme, trouver la clé des champs, vivre l'instant.

– Tu ne m'as pas dit où tu m'emmenais ?

– À Venise. C'est le seul vol que j'ai trouvé avec une correspondance aussi courte. Mais ne va rien t'imaginer. C'est juste le hasard.

– Non, non, je n'imagine rien. C'est une belle destination, c'est tout. (Je crois que j'ai eu sourire moqueur)

– Mouais, je vois tes yeux. Je te connais bien, tu sais.

Il y a eu un instant de silence et de fou-rires, juste le temps de serrer nos ceintures. J'ai repris ma respiration pour ne pas laisser de blancs s'installer entre nous, profiter de ce cadeau que nous a fait la vie. Cette seconde chance, elle est pour nous Lolita, dans le présent du nouveau monde où nous vivons aujourd'hui.

– Où étais-tu ?

– Un peu partout, surtout nulle part. Il fallait que je parte. Toute cette vie qu'on avait, c'était juste plus possible. Nous étions en train de mourir tous les deux comme si quelque chose nous empêchait de réagir, d'accepter nos torts et de reconnaître nos accords.

– J'ai tout gâché. Souviens-toi comme j'étais renfermé, triste et silencieux. Avec le recul, on aurait dit mon père, allongé sur son canapé, à faire le mort à longueur de journée. Tout ce que je détestais étant môme et que je déteste toujours aujourd'hui, d'ailleurs.

– Tu te souviens de ça ?

– J'ai eu un flash à l'instant, (mon visage s'éclaire), cette image m'est apparue. C'est bizarre non ?

– Non au contraire, le voile est en train de se lever sur ta mémoire, enfin. (Elle sourit d'un espoir retrouvé)

– Tu sais, j'étais un peu comme le dormeur dans Dune.

– « Le dormeur doit se réveiller. » Je me rappelle.

– Je savais pertinemment qu'il fallait mettre un grand coup de tornade dans ce putain de quotidien de m., mais je n'ai pas osé et toute notre vise s'est effondrée. J'ai échoué.

– Tu n'es pas le seul responsable non plus. Je sais que je t'ai fait beaucoup de mal. Je voudrais m'excuser, vraiment.

– Je te demande pardon aussi. J'ai commis tellement d'erreurs. J'étais comme pétrifié, le corps entravé, je ne peux pas l'expliquer.

– Ce qui est fait est fait, nous ne changerons rien au passé.

– Oui je sais. Maintenant il faut avancer.

– Petit à petit oui, (elle me regarde touchée par cet amour qui la recouvre avec une douceur insensée, une force et une beauté), il s'est passé beaucoup de choses ces derniers mois, tu sais. J'ai beaucoup changé.

– Et en même temps c'est toujours toi. Tu as toujours ce petit grain de folie dans ton sourire, cette manière unique de regarder la vie. Tu me rends vivant, tu n'imagines pas comment.

– Il y a des choses que tu dois savoir avant qu'on atterrisse, c'est important. J'ai longtemps hésité à t'en parler. C'est peut-être aussi pour ça que les choses n'ont pas fonctionné entre nous. J'avais tellement peur de te perdre que j'ai préféré partir la première.

– Je ne comprends pas.

Je pose timidement mon doigt sur le sien pour la rassurer, en effleurant comme un métronome lento, les cicatrices gravées sur son index.

– C'est maintenant qu'on fait le grand saut. (Elle a fermé les yeux comme pour prier) Fais comme moi s'il te plaît.

J'obéis avec une pointe d'inquiétude que j'essaie de dissimuler. Mes paupières se ferment sur une lumière retrouvée, place est faite aux ombres, l'heure est venue pour elles de faire leur entrée. Je sens qu'elle pose un casque sur mes oreilles. Je réajuste mon corps sur le siège. Il y a eu un léger souffle d'air puis une musique qui commence (1), un instrumental de violon, qu'on aurait pu entendre en Pologne à la fin des années 30. Mon esprit se concentre sur les notes, l'une après l'autre, jusqu'à ce que mon âme commence à voyager comme libérée de t'avoir retrouvé. Le puzzle de ma mémoire s'est animé, comme les rouages d'une vieille horloge, c'est maintenant, je vais savoir qui je suis.

• Je me revois soudain enfant courant sur une plage en riant.

• Une femme me tend les bras, maman. Je ne distingue pas son visage derrière ses cheveux qui tombent sur un sourire si doux et si triste à la fois. Son corps disparaît comme un hologramme qui s'efface.

• Je suis adolescent pris au milieu d'une bagarre. Je me revois à terre, un homme agenouillé sur moi qui défonce mon visage à coups de poings et de crachats.

• Une main soulève mon bras, on m'applaudit sur la scène d'un amphithéâtre bondé. Je suis à la fin de mes études, fièrement diplômé de médecine.

• Je me retourne et je t'embrasse ma Lolita, assis sur le rebord d'un lit. La lumière s'affaiblit comme pour préserver l'instant unique d'une première fois.

• Nous sommes maintenant assis dans un avion, amoureux comme au premier jour, le billet indique un Paris – Détroit. Tu poses ta tête sur mon épaule en regardant le bleu du ciel à travers le hublot.

• Je vois le docteur Forbes, notre professeur en neurologie, spécialisé en ictus amnésique et médecine de l'âme. Debout sur son perchoir, on écoutait ses cours comme les adeptes d'une secte.

• Nous sommes là, toi et moi, Lolita, allongés au milieu d'un cercle de craie, sur le parquet de notre appartement. Nos mains se serrent. Nos yeux fermés s'entrouvrent par instant, la pupille est révulsée, emportée dans une transe hypnotique. Nos âmes se sont lentement détachées de nos corps dans un ballet de couleurs et d'amour. Elles ont la forme d'un oiseau de feu qui aurait été coupé en deux. Nos flammes jumelles restent en suspend au-dessus de nous et se rejoignent pour ne former qu'une seule et même âme.

• Lolita rit assise à la table de ce café où elle aimait aller danser avec ses deux meilleures amies, Ella Kagan, la secrète, une étudiante russe ou allemande je n'ai jamais su, et puis Jessica Calvo, celle qu'on appelait ta jumelle, tellement vous vous ressembliez. Vous aviez d'ailleurs essayé de me piéger quelques fois. La seule chose que Jessica ne pouvait pas cacher, c'était ses cicatrices sur son index.

J'ouvre les yeux en arrachant le casque de mes oreilles. Je garde ma main serrée dans la tienne, pour maintenir cette énergie, mes yeux se fixent sur les tiens. Je vois que tu as peur.

– Qui es-tu, lui ai-je demandé avec de la peur dans ma voix ?

– Ta mémoire est revenue jusqu'à quel moment ?

– Réponds-moi, j'ai besoin de savoir.

– Dis-moi qui tu vois quand tu me regardes, dis-moi ce que tu vois ?

– Je te vois, toi, Lolita mais ce n'est pas...

– Et toi, qui es-tu ?

– Je m'appelle Harry Caproni.

– C'est bien tu es dans le présent.

– Je n'ai pas voulu te retrouver sur les ruines de notre passé. Cette vie-là est sur une autre continent là-bas (je mime un lieu imaginaire), nous sommes comme de l'autre côté d'un pont. C'est ici que nous nous retrouvons, dans ce nouveau monde où nous vivons.

– Est-ce que tu te rappelles de l'accident ?

– L'accident...

– Oui...

– C'est encore confus. Je me revois assis contre la portière d'une voiture américaine, un 4X4 je crois. J'avais du sang plein la tête.

– Que s'est-il passé juste avant, rappelle-toi s'il te plaît quand nous étions dans les sous-sols de l'université, tous les 4.

– je vois des dizaines de corps morts entassés dans une chambre froide.

– Des centaines de victimes sacrifiées au nom de la médecine.

– Forbes avait bien trop d'appuis pour être attaqué, personne n'aurait jamais osé.

– Mais nous oui, alors on a décidé de le piéger.

– C'était une folie.

(1) Sunrise de Coldplay

CAPSULE N°3 - PART 1

DÉTROIT - MAI 2013

J e regarde avec un brin d'excitation les visages de Lolita, Jessica et d'Ella Kagan. Je vois qu'elles trépignent d'impatience encore assises au premier rang de la salle de cours.

– Vous êtes mes meilleurs élèves, vraiment, dit le docteur Forbes. J'aimerais vous convier à une expérience qu'il m'arrive de faire parfois. Je pense que ça devrait vous intéresser.

– On est tous partant, je crois, professeur.

– Tu seras un grand médecin mon garçon. Je suis très fier de ton travail.

– Merci professeur.

Nous sommes tous admiratifs de ce maître que nous avons eu la chance de côtoyer au quotidien à la fois à l'université mais également à l'hôpital où nous travaillons en tant qu'interne dans son service. Avec Lolita, on s'est beaucoup inspiré de son travail pour développer notre propre méthode sur les mouvements de l'âme et le pouvoir de l'inconscient avec toute l'influence qu'ils peuvent avoir sur l'existence.

Pour l'instant nous n'en avons parlé à personne mais ce que nous avons découvert va au-delà de tout ce que j'ai pu voir jusqu'à présent. Mais c'est un secret pour l'instant.

– Venez, suivez-moi, ça se passe plus bas. Je vous ai déjà parlé dans un de mes cours du voyage de l'âme après la mort.

– Oui, dit Lolita en marchant derrière le professeur. Vous nous avez même présenté cette femme qui vit depuis dix ans avec l'âme d'une jeune norvégienne morte dans un accident de voiture. Le destin avait fait que Madame Bauman et son mari se trouvaient en voyage de noce aux portes de l'arctique. Ce couple d'américains trentenaires avait loué des vélos dans la ville de Tromsø pour partir voir des phoques barbus. Quelques minutes avant qu'ils ne prennent la route pour Polaria, la jeune Ruby Rose a traversé le pare-brise de la vieille Volvo de sa sœur dans un choc frontal avec un cerf géant. Le cerf a survécu, mais pas Ruby. Madame Bauman décrit avoir senti une lumière puissante la pénétrer et quelques secondes après, elle s'est mise à parler le norvégien, comme si c'était sa langue maternelle alors qu'elle n'en connaissait pas le moindre mot.

– Tout le monde l'a prise pour une folle, rajoute Jessica.

– J'avoue que si je ne lui avais pas parlé directement, j'aurais eu la même réflexion que la plupart des gens, ajoute Ella en descendant les escaliers qui mènent au sous-sol de l'université.

– Et pourtant, reprend Lolita, les rapports des médecins norvégiens qui ont pu l'examiner ne parlent absolument pas de démence. Madame Bauman disait s'appeler Ruby et pouvait décrire toute son existence de son enfance jusqu'à la seconde qui a précédée l'accident.

— Oui c'est ça qui est fascinant, reprend le professeur, et aujourd'hui elle habite en Norvège et mène une vie qui est à l'opposé total de sa propre destinée.

— Je n'arrive toujours pas à comprendre comment le destin d'une personne peut être modifié à ce point. C'est complètement fou et franchement, j'ai encore du mal à y croire.

— Après tout ce que je vous ai enseigné mon garçon, tu crois encore qu'on a tous un seul et même destin programmé de notre naissance jusqu'à notre mort ?

— Je pense que l'on a tous quelque chose à accomplir, à plus ou moins grande échelle.

— Et toi Lolita, tu es d'accord avec lui ?

— Oui et non. Je pense que notre destin est en perpétuel mouvement, que rien n'est figé, que tout est possible. Je crois aux guerriers de lumière de Paolo Coelho et à cette quête que nous avons tous à mener, à ces leçons que nous devons apprendre et qui se répéteront tant que nous ne les aurons pas compris.

— Mais tu penses quand même que la finalité est la même ?

— Au final on va tous mourir, dit Jessica en riant.

— C'est pas faux, sourit le professeur. Mais dans le cas de maladies graves ou de troubles psychologiques importants, est-ce qu'il ne serait pas fantastique de réussir à changer l'âme des gens. On pourrait éviter tellement d'horreur et de souffrance dans ce monde. Je n'ai encore jamais réussi à rencontrer d'être sans âme, savoir comment un nouvel être pourrait se créer, est-ce qu'on pourrait réussir à effacer complètement le disque dur de notre inconscient, faire une sorte de « reset » total.

– Tout le processus de la folie, de la dépression ou même de lutte contre la maladie serait alors complètement modifié, renchérit Lolita. Si on part du principe que le cerveau influe sur toute notre existence, que notre enfance et nos erreurs nous poursuivent parfois toute notre vie.

– Ce serait absolument fabuleux, rajoute Ella.

– Allez-y rentrez.

Le docteur Forbes ouvre la porte sur une immense salle de briques blanches, sans aucune fenêtre. Un homme, juste vêtu d'une blouse blanche comme celle qu'on donne avant une opération, est allongé au sol au milieu d'un cercle de craie à la ligne épaisse et régulière comme dessinée par une machine à tracer. Sa tête est recouverte d'un casque rempli d'électrodes, elles-mêmes reliées à un ordinateur et à plusieurs machines d'imagerie médicale. Une boule de métal est fixée au plafond comme pour faire écho au champ magnétique que compte déclencher le professeur Forbes au cours de son expérience.

– Je vous présente Monsieur Michael Collins, un agent d'assurance, somme toutes des plus classiques, qui a tout de même la particularité d'avoir tenté d'étrangler sa femme à cinq reprises au cours du mois dernier. La pauvre femme ne doit son salut qu'à l'intervention salvatrice de son fils. C'est d'ailleurs lui qui s'est confié au shérif du comté. Ce que j'aimerais ce soir, c'est réussir à extraire définitivement son âme pour qu'il puisse en fabriquer une nouvelle, au fil des années qui lui restent à vivre et à travers tout un protocole de soin que j'ai élaboré.

– Je pensais qu'on naissait avec une âme qui nous suivait jusqu'à notre mort, demande Ella, et qu'il était impossible d'en changer sauf dans de rares cas inexpliqués.

– Pour la majorité des gens oui mais comme tu l'as dit, il y a des exceptions qui dans quelques années, je l'espère, feront parties de notre quotidien. Mettez-vous derrière moi, nous allons commencer.

La lumière s'est tamisée. J'ai pris la main de Lolita. J'ai senti qu'elle avait peur. Même si au final ce Michael Collins aurait fini par tuer sa femme, je me demande si cet homme sait vraiment ce qui l'attend. Le docteur Forbes a poussé lentement la poignée du générateur d'énergie. L'électricité s'est mise à traverser le cerveau de Collins, à provoquer des spasmes réguliers sur son corps. Ces yeux se sont ouverts sur des pupilles d'un noir coulant. L'homme n'a l'air ni possédé, ni dirigé. Il est comme emporté dans un cercle lumineux qui tourne autour de lui. Son pouls s'est mis à s'accélérer, vite, de plus en plus vite.

– Nous allons tenter de l'emmener en état simulé de mort cérébrale pour parvenir à détacher son âme de son enveloppe. Elle arrive... regardez.

Une forme d'un rouge puissant est apparue entre le corps de Collins et la boule de fer accrochée au plafond. Son pouls se rapproche d'une limite dangereuse. Une fumée bleutée entoure cette substance ronde et se met à tourner sur elle-même, comme une planète en mouvement. L'homme a l'air libéré, apaisé. La boule de fer s'est alors ouverte en dessinant des dents d'acier pour capturer l'âme qui s'est échappée.

Nous l'avons vu monter quand son cœur s'est arrêté dans le sifflement strident de l'électrocardiogramme. La boule de couleur s'est désagrégée dans une étincelle bleutée avant de disparaître en une fraction de seconde, comme emportée dans un vide sidéral, un trou noir sans retour. Michael Collins est mort sous nos yeux effrayés, sans qu'aucun de nous n'ose bouger. Le docteur Forbes s'est levé de son siège en pestant après lui-même, sans le moindre sentiment, c'était juste pour la science.

– Ce ne sera pas pour cette fois mes enfants. Nous n'étions pas loin du but, vous avez vu.

– Cela a déjà fonctionné professeur, demande Jessica ?

– Quelques fois oui.

– Vous avez déjà réussi à capturer des âmes, ajoute-t-elle ?

– Oui j'en ai quelques dizaines dans mon laboratoire, prêtes à être inséminées dans leur futur enveloppe.

– Personne n'a survécu, c'est bien ça ? Personne n'a jamais survécu au cercle de craie.

– Aidez-moi à déplacer notre hôte, s'il vous plaît. Je sais qu'un jour je réussirai, vous m'entendez. Il me manque juste les bons cobayes.

J'obéis sans réfléchir, comme un pauvre élève soumis à son maître, manipulable et naïf mais loin d'être innocent. Nous soulevons tant bien que mal le cadavre encore chaud de Michael Collins et le portons dans un couloir sombre, à peine éclairé par les lumières de secours.

– Lolita ouvre cette porte s'il te plaît. L'interrupteur est juste sur ta droite.

Elle exécute les ordres, comme emportée dans une faille temporelle, une ligne brisée sur son destin. La porte s'ouvre en laissant s'échapper une odeur immonde de pourriture. Elle passe sa main sur le mur et finit par pousser l'interrupteur. Un néon illumine lentement la pièce dans un grésillement glaçant. Des dizaines de corps morts sont entassés sur plusieurs chariots de deux mètres de haut chacun. Au centre de la pièce trône un four d'incinération qui dégage une chaleur constante.

– Tiens, on va le mettre directement dedans. Jessica ouvre la porte s'il te plaît. J'ai pris un peu de retard, ne faites pas attention au désordre.

Le four s'ouvre sur des cendres qui débordent, des cendres d'hommes et de femmes, des cendres d'innocents. Nous jetons à l'intérieur le cadavre de Collins comme un vulgaire sac poubelle dont on voudrait se débarrasser. Je sens l'horreur et la honte me dévorer. Mais on est restés là, figés comme des statuts, des mimes hurlants, terrifiés par la monstruosité de cet homme que nous admirions tant. La mort est partout autour de nous, je la sens m'effleurer comme si elle cherchait elle aussi à vouloir me goûter, m'emporter, nous dévorer un à un. J'ai attrapé la main de Lolita et j'ai hurlé, « courrez ! » Elle a baissé l'interrupteur en passant le pas de la porte. J'ai senti le regard menaçant du docteur Forbes et pour la première fois, j'ai vraiment eu peur de lui. Nous nous sommes enfuis dans des pleurs et dans des cris, comme pour nous libérer de ces images d'apocalypse, de tous ces suppôts qui nous poursuivent, de ces fantômes et de ces âmes qui errent.

« Dans cette comédie sans fin que nous appelons la vie, chacun joue un rôle. Il y a les jeunes premiers, les victimes et ceux qui assurent les entractes comiques. Mais pour que la pièce soit réellement captivante, il faut un héros et un méchant... (1) »

Reste à savoir qui je suis.

(1) Extrait de Desperate Housewives - citation de Mary Alice

CAPSULE N°3 - PART 2

DÉTROIT - JUIN 2013

J'étais assis sur le rebord d'un bureau, isolé des autres, près des fenêtres d'une salle de cours de l'université. J'observais le visage de Lolita, sombre et beau à la fois, elle avait le regard maquillé de noir comme pour cacher la peur que je lisais dans ses yeux. Elle naviguait sur Facebook en faisant glisser son doigt sur l'écran de son portable, comme pour s'évader du temps qui passe, traverser des univers inconnus, ne plus penser, juste espérer que notre plan puisse fonctionner. Pendant une fraction de seconde, j'ai pensé m'asseoir derrière elle et caresser ses cheveux blonds, déposer un baiser sur sa nuque pour la rassurer. Mais j'étais encore pétrifié par la vision de ce four crématoire. Jessica potassait ses cours de son côté. Elle avait l'air innocente, loin de tout ce qui venait de se passer.

Toutes ces images de mort et de violence l'avaient profondément marquée. Je pense qu'elle n'est restée que pour Lolita sinon elle aurait déjà disparu. Elles se ressemblaient tellement toutes les deux, d'abord physiquement mais pas que. Elles étaient bien plus que de fausses jumelles. Elles avaient une relation d'amitié profonde, des chemins de vies parallèles, une enfance solitaire, l'absence d'un père, l'oubli d'une mère.

Lolita vivait dans un paradoxal système comme un rêveur absent, avec de l'eau dans son regard (1). Elle était capable de rire et de pleurer dans une même phrase, comme une vague qui passerait sur son âme et roulerait jusqu'à son cœur. Et puis, Ella Kagan est apparue aussi pale qu'un monochrome de Malevitch. Elle avait les traits tirés, les lèvres qui tremblent et ce regard qui fuit le mien.

– Je suis désolée, ils n'ont rien voulu savoir.

– Tu leur as bien expliqué tout ce qu'on a vu, demande Lolita ?

– Oui, j'ai tout fait comme on l'avait prévu. Markus m'a même présenté à son tuteur du FBI. Je leur ai montré tous les éléments que nous avions pu réunir. Mais j'ai vraiment eu le sentiment que tout ce que je pouvais leur raconter ne les intéressait absolument pas.

– Même moi je n'arrive pas à y croire, rajoute Jessica, alors imagine pour eux. On a déjà rendu nos thèses, franchement on n'a plus rien à faire ici. On devrait tous rentrer chez nous en Europe et oublier tout ce qu'on a vu.

– Donc ça veut dire qu'on va le laisser continuer ses expériences en toute impunité, ai-je dit dans un accès de révolte. C'est juste pas possible d'accepter ça.

– Je suis d'accord avec toi, dit Lolita.

– Il faut trouver un moyen de le piéger.

– Mais de quelle façon ?

– Moi j'en ai rien à foutre de tout ça, s'énerve Ella. Je ne suis pas une justicière moi. Faisons nos bagages et partons.

– Ce serait bien dommage, dit le docteur Forbes que nous n'avions pas entendu rentrer.

Il marchait jusqu'au tableau noir, vêtu d'une immense blouse blanche de médecin, l'air imposant et enjôleur. Il ressemblait à ces charmeurs de serpents que l'on voit dans les foires en Inde, assis en tailleur sur la place du village. Son emprise sur nous était totale, il le savait, nous n'avions aucun moyen de lui échapper.

– Alors,comment vont mes petits protégés ?

– On finissait de réviser notre oral final, dit Jessica.

– Je pense qu'on est prêt professeur, ajoute Ella.

– Tellement prête que tu préfères passer tes journées avec ce jeune agent du FBI qui te fait les yeux doux. Il y a un temps pour tout, tu devrais le savoir.

Alors il sait. Lolita m'a regardé avec une peur que je n'avais jamais vu en elle. Il fallait rebondir, mais ce jour-là, le trampoline n'avait pas de filets et à aucun moment je n'ai imaginé qu'il puisse avoir corrompu la police et les politiciens locaux.

– Vous n'arriverez jamais à capturer les âmes de vos patients, professeur, lui a dit Lolita avec froideur. Il vous manque toute une partie du cercle de craie.

– Qu'est-ce que tu racontes ?

– On a déjà fait cette expérience avec Lolita et nous avons réussi à extraire nos deux âmes, à les faire aller où bon nous semble.

– Nous pouvons vous montrer professeur si vous le souhaitez, a-t-elle ajouté.

– Vous m'intriguez tous les deux.

– Ça ne vous coûte rien, vous savez. Laissez-nous juste vous montrer.

– Ne perdons pas de temps alors.

Il y a eu un long silence pendant lequel je n'ai pas osé bouger. C'est Lolita qui s'est levée la première avec une assurance et une détermination que Jessica et Ella ont trouvé suicidaire. Quant à moi, je lui ai juste tendu la main en passant près d'elle. J'ai voulu l'embrasser, mais elle a reculé la tête et mon baiser s'est écrasé dans ses cheveux comme une bulle d'amour qui s'éclate dans le vide. Mon bel amour, l'heure est venue, je crois, d'unir nos flammes.

Lolita s'est mise à quatre pattes pour dessiner un cercle de craie au milieu d'une ancienne salle de radiologie de l'université de médecine. C'était la condition sine qua non pour que nous acceptions l'expérience, que rien ne se passe dans l'antre de Forbes. Il n'a pas cherché à discuter, même s'il vaut mieux rester prudent. Lolita finit les détails de son dessin, un grand cercle blanc habillé de triangles blancs et noirs en alternance dans tout son tour, comme un mandala solaire, une roue sacrée. Elle insert un Oeil de Râ dans les triangles situés aux quatre points cardinaux du cercle. L'épreuve du cercle de craie est plus périlleuse qu'il n'y paraît. C'est celle qui nous met face à nos choix, comme au jugement de Salomon, à cet instant où la justice divine prend le pas sur celle des hommes. Forbes installe une caméra derrière la vitre plombée où sont stockés de vieux appareils de radiologie.

Je rentre dans une petite pièce connexe, à l'intérieur de laquelle Jessica et Ella pourront observer toute la scène sans danger. Je les prends dans mes bras en fermant les yeux. Je sais que c'est peut-être la dernière fois que je les vois.

– Il ne faut pas avoir peur. On a déjà fait ce type d'expérience. Tout va bien se passer. (elles savent que je mens, que je ne suis sûr de rien)

– Qu'est-ce que tu espères, demande Jessica ?

– Lui montrer qu'une âme est libre de ses choix, que rien ne peut la rendre prisonnière.

– Et après ?

– Si nous gagnons sa confiance, il nous proposera obligatoirement de partager avec lui d'autres expériences et là, nous pourrons le piéger.

– Pas d'excès de confiance malgré tout.

– Ne t'inquiète pas. Préviens Markus quand même qu'il reste à proximité de l'université, au cas où.

– Je vais lui envoyer un message.

– Tu viens, j'ai fini, dit Lolita.

– J'arrive. On se voit tout à l'heure les amies.

Je leur ai souri en refermant la porte derrière moi alors que Lolita m'attendait au milieu du cercle de craie.

– On va pouvoir y aller professeur. Vous pouvez baisser la lumière s'il vous plaît.

– Quand vous voulez, ça tourne déjà, dit-il en montrant le point rouge de la caméra.

Je m'approche de toi Lolita, toi mon soleil, mon train fantôme. Tu es la plus belle aventure de ma vie. Tu es celle qui apporte la surprise et la joie, un arc-en-ciel dans la nuit qui éclaire mes pas jusqu'au petit jour dans un palais de velours.

Je prends tes mains et je te sens qui tremble. J'ai déposé sur tes lèvres un baiser et tes yeux se sont fermés. On est comme dans un mambo qui démarre au ralenti façon "Time of my life" de Bill Medley et Jennifer Warnes. Et dans ces premiers pas, c'est toi qui guides. Nous nous allongeons au milieu du cercle en gardant ma main droite dans la tienne. Nous fixons la même tâche noir au plafond, tu pinces ma main, le rituel est en route, l'hypnose, lancinante et puissante. On pourrait croire que le cercle s'est mis à tourner autour de nous alors que tout est immobile.

Au bout de quelques instants j'ai vu une lumière rouge sortir de moi comme une longue flamme qui se transforme, petit à petit en un phénix aux longues plumes. Il flotte droit et fier au-dessus de moi. Je ne distingue que la moitié de l'animal, comme s'il était coupé en deux. L'autre partie, c'est de toi qu'elle vient, Lolita. Nos flammes jumelles ont traversé les siècles pour se retrouver dans ce monde, se réunir dans ce feu, ce tourbillon avant de s'aimer pour l'éternité. Mais le cercle s'est soudain mis à s'accélérer autour de nous comme s'il cherchait à nous emporter encore plus haut. J'ai senti ton pouls battre de plus en plus fort. Machinalement j'ai tourné la tête sur le cercle de craie. Des formes inconnues se sont glissées dans deux des triangles pour en modifier les couleurs. J'ai vu Forbes tenir une télécommande dans les mains, un sourire morbide collé sur sa face.

Ce n'est pas celle de la caméra non, mais d'un projecteur caché dans le faux plafond. Le rituel a été modifié. J'essaie de te réveiller mais tu ne m'entends pas. Je sens ce souffle autour de nous et ton sang se figer. Il y a sur ton visage une lividité rougeâtre qui se répand. Tu ne respires plus. L'oiseau de feu, ce phénix vertueux né de l'union de nos âmes, fond dans mon corps pour ne pas mourir. J'ouvre les yeux d'un coup en me redressant comme quelqu'un qu'on aurait cherché à étouffer. Je reste assis complètement sonné. Jessica et Ella rentrent dans la pièce, téléphones à l'oreille, j'entends qu'elles appellent à l'aide. Forbes s'enfuie par une porte dérobée en emportant avec lui les images de nos âmes perdues. Je me retourne vers ton corps inerte et je m'accroche à toi pour te ramener à la vie. Tu ne réponds pas. Jessica et Ella me tirent vers elles en hurlant. Quelque chose en moi s'est brisé. Je ne veux pas te laisser. Je sais que tu n'es pas partie. Elles m'ont traîné hors de la pièce, la tête entre deux monde. Je te revois allongée sur le sol Lolita, une milieu d'un cercle de craie, parfait. Tu ne bouges plus, comme prise au piège dans un labyrinthe interdit. Tu ne peux plus t'échapper, à moins que... On me jette à l'arrière d'un 4x4 noir qui attendait dehors.

– Démarre Markus, a hurlé Ella.
– Emmène nous au FBI, vite, il faut qu'il nous protège.
– Où est Lolita ?
– Elle est morte, mon dieu. Morte.
– Non, ai-je crié en essayant de me faire comprendre dans mon délire et dans mes larmes. Il faut qu'on retourne la chercher. On ne peut pas la laisser comme ça.

– C'est trop tard. Reste calme. Il ne faut pas que tu partes toi aussi, a essayé de me dire Jessica.

– Il faut un médecin pour votre copain. Mon dieu, mais qu'est-ce qui s'est passé ?

J'ai entendu deux coups de feu retentir à l'entrée d'une forêt. Une voiture nous avait pris en chasse. Markus a lancé l'alerte auprès du FBI mais le temps qu'ils arrivent, les hommes de Forbes nous auront déjà rattrapés.

– Il faut sauver Lolita, je sais qu'elle est toujours en vie. C'est juste une réaction physique de post rituel. J'ai gardé son âme en moi. Markus ramène-moi à l'université, je t'en supplie.

– Eh ! Il délire grave votre copain.

– Markus je ne plaisante pas.

J'ai sauté sur le volant pour l'obliger à rebrousser chemin. La voiture est partie en tête à queue puis en tonneaux avant de finir sa course dans une plaine perdue à peine éclairée par la lune. Je me suis vu projeté à l'extérieur du véhicule. Je me revois ramper comme un mort-vivant, le visage en sang jusqu'à la carlingue de la Mercedes. Jessica me redresse comme elle peut pendant que les tueurs arrosent les lieux d'une rafale de balles avant de disparaître dans un crissement de pneus. Une de ces balles a explosé la carrosserie en laissant une immense griffure sur ma tempe. Jessica s'agenouille face à moi, le regard rempli de compassion. Tu lui ressembles tellement. J'ai vu l'âme de Lolita quitter mon corps et trouver refuge dans Jessica. Nous avons perdu connaissance l'un et l'autre, dans un sourire et dans un cri.

Elle porte désormais en elle toute ta vie et ses présents. Dans un dernier regard vers la lumière, j'ai cru te voir marcher vers moi Lolita. Tu étais là, les bras tendus vers moi, prête à me rejoindre sur l'autre rive, sur cette nouvelle terre où nous pourrons bâtir un nouveau nous, toi mon étoile, mon bel amour, je veux mourir, là c'est mon tour.

(1) Extrait de Paradoxal Système par Laurent Voulzy

CHAPITRE 11

DANSER ENCORE

Elle jouait avec son ombre en mettant sa main au-dessus de son visage, allongée sur le lit de la chambre. Je l'observais depuis le salon, plonger ses yeux de diamant brun dans le jour et dans la nuit comme un grand phare qui trône sur l'océan. Malgré les démons qui l'habitent parfois, elle a en elle une lumière que je n'ai jamais vue dans aucune autre femme. Lolita est faite de mystères, de passions et de rêves solitaires. Dans chacune de ses pupilles brille un horizon, une carte ancienne, entre terre et océans, elle recèle un trésor, une quête secrète. Elle est comme le capitaine d'un bateau, capable de m'emporter dans n'importe quel port. Elle sait aussi que je suis là, que je peux être son moussaillon, son Jack Sparrow, un passager clandestin qui rêverait juste de découvrir un nouveau monde. Cette aventure sera unique. À chaque fois que je la regarde, je trouve en elle une étincelle sur ma vie, comme un nouvel espoir, le sentiment d'être vivant. La nuit est tombée depuis longtemps sur Venise et dehors, les préparatifs du Carnaval donnent à la ville une énergie nouvelle, un mélange de légendes anciennes et de poésie contemporaine.

Les habitants s'échappent de leur quotidien, emportés dans une farandole de liberté où cachés derrière leurs masques, il leur est possible d'être quelqu'un d'autre, juste pour une nuit. Je décide de fouiller dans les placards de l'appartement. Certes ce Airbnb n'est pas très grand, mais il regorge de plusieurs buffets et armoires. Ma première trouvaille, c'est une bouteille de rhum, Matusalem, avec deux petits verres à liqueur, cela devrait faire l'affaire. Je retire le bouchon pour profiter de ses parfums, traverser les océans juste comme ça, en fermant les yeux. Je verse le breuvage et le temps s'accélère, comme par magie. Je souris en te regardant marcher vers moi dans cette petite robe noire qui laisse danser tes jambes sur un air de Magnolias (for ever).

J'aime quand tu chantes, quand ta voix me transporte dans cet univers où se cachent des rêves par milliers. Sans prévenir, tu vides ton rhum en une seconde, en me tendant à nouveau ton verre pour en reprendre. Tu montes le son du téléphone et la musique enveloppe la pièce entière. Je verse le breuvage avant de prendre ta main et de t'emmener danser collé-serré. Je te fais tourner autour de moi comme un Dany Zucco, un chevalier, prince héritier aussi maladroite que beau, l'imparfait si parfait qui fait toujours les choses de travers. Et je t'entends qui rit quand on s'approche et qu'on s'éloigne, comme deux marionnettes désarticulées. J'ai vu tes yeux se teinter de désirs. Mes yeux suivaient les mouvements sensuels de ton corps, comme une ode au voyage, à la beauté des rêves. Au troisième verre, j'ai eu envie de t'embrasser. Il ne faut pas, non. Je me détache en ouvrant le reste des armoires, pour enfin trouver deux masques de carnaval.

Un premier que je pose sur mon visage. Il est entièrement doré et recouvert de formes tribales, comme des vagues d'or qui ajouteraient à ma tenue une forme de mystère. Lolita réussit à trouver une poudre blanche qu'elle applique sur ma peau. Tu peins mes lèvres comme des lingots d'or. J'enfile une longue cape et des gants noirs. Avec un chapeau noir de noble vénitien, je me sens complètement transformé, prêt à tout oser. Tu enfiles une cagoule noire, une collerette blanche de bourgeois moyenâgeux et une autre de plumes noires que tu recouvres d'un masque blanc où seule la bouche est peinte en noire. Je pose sur ta tête une grande toque de religieux, couleur marron avec des carrés remplis d'étoiles noires ou blanches. Tu enfiles un manteau dans les mêmes tons que ton chapeau ainsi que de longs gants noirs. Il est l'heure de couper nos portables et de les laisser là où ils sont. Nous partons maintenant. Personne ne nous retrouvera jamais.

Nous avançons dans les rues sombres de Venise, en nous tenant la main comme si nous avancions vers une première danse, dans la salle des fêtes, au bal de l'Empereur. Des hommes en noir nous tendent une torche en feu. Je la prends dans ma main comme lors d'un passage de témoin. Plus nous approchons du Rialto et plus la foule devient dense. Notre pas ralentit, fini la farandole, nous sommes redevenus des proies faciles. J'aperçois les premiers hommes de Forbes qui se mêlent aux touristes. Ils doivent être une dizaine à dévisager chaque personne qui passe devant eux.

Par chance, ils ne se permettent pas de tirer sur les masques, mais s'ils pouvaient. La police patrouille elle aussi, mais je ne sais pas dans quel camp elle se trouve. Il y a des regards et une complicité qui ne trompent pas. Il y a même deux femmes qui à l'opposé l'une de l'autre avancent dans la foule en tenant dans leurs bras, des springers anglais blancs et noirs. Ces chiens reniflent tout ce qui bouge, ils ne sont pas là par hasard. En regardant leur manège avec attention, je vois qu'elles leur font sentir régulièrement quelque chose caché dans un sachet. Elles doivent avoir sur elles, un objet qui porte notre odeur. Par chance, le rhum et les vieux habits remplis de naphtaline permettent de ne pas attirer leur attention sur nous. J'essaie d'emmener Lolita avec moi, de ne surtout pas traverser ce pont mais la foule pousse dans notre dos comme un étau qui mène à l'échafaud.

Nous profitons d'une danse improvisée pour prendre la première main venue et nous laisser emporter dans les ruelles voisines. Plusieurs rues plus loin, nous nous arrêtons dans un bar à vins pour boire et manger des cicchettis, ces petits toasts vénitiens de poissons et de charcuterie. Je ne sais pas combien de verres de vins nous avons bu. Je sais juste qu'ils nous ont aidé à faire tomber les masques, à libérer nos cœurs et toutes les peurs qui vivent en nous. On s'est laissé, l'un et l'autre, emporter dans ces regards qui nous bouleversent et ces gestes tendres, jusqu'à ce que je prenne ta main.

– Personne ne m'a jamais regardée avec autant d'amour, dit Lolita bouleversée.

– Je suis sans filtre ce soir et d'ailleurs j'ai plus envie de cacher tout ce que je ressens quand je suis avec toi. Tu me donnes une énergie si belle. Grâce à toi, j'ai le sentiment d'être vivant.

– Je n'ai rien fait de spécial pourtant.

– Oh si, tu m'as ouvert une porte, tu m'as ouvert ta vie.

– Viens, rentrons, il commence à pleuvoir, me dit-elle en m'emportant le long des quais.

Je la suis comme un vagabond, un sentiment d'amour profond au fond de moi. Je passe mon bras autour de son épaule. Elle attrape ma main en la posant sur son cœur. Je l'entends qui bat si fort. Nous marchons dans Venise d'un pas ralenti comme si le temps avait suspendu sa course folle rien que pour nous, comme s'il cherchait à nous offrir une grande bouffée d'espoir S'il vous plaît mon dieu, laissez-moi prendre soin d'elle cette fois, pas pour une nuit, non, à l'infini. Nous nous sommes arrêté sur le « ponte dei Tre Archi » et dans mes bras tu t'es blottie. J'ai voulu poser mes lèvres sur les tiennes, mais tu t'es détournée en murmurant un non. Et puis, tu m'as serré encore plus fort. J'ai mis ma main dans ton dos, déposé un baiser dans tes cheveux, puis tendrement sur ta joue. Encore un autre, puis un troisième et ton visage s'est tourné sur mes lèvres. Nous nous sommes embrassés d'abord en effleurant nos bouches de manière très légère comme la caresse du vent au bord d'une rivière et puis ta tête a basculé dans un roulé-boulé d'émotions, une explosion.

CHAPITRE 12

CRISTAL

– Où étais-tu ?

– Il fallait que je sorte, ça fait dix jours qu'on est enfermé dans cet appartement. J'en peux plus tu vois, je suis en train de devenir folle.

– Le cousin d'Ella a pourtant dit que c'était trop dangereux pour nous de sortir, que les hommes de Forbes nous cherchaient dans toute la ville.

– Ils ne viendront pas dans le vieux ghetto de Venise, pas comme ça.

– Qu'est-ce que tu as ? Tu as l'air toute bizarre. J'aime pas quand ton visage est fermé comme ça.

– J'ai marché, j'ai beaucoup marché...

Elle pose son regard triste sur les toits de Venise, la main accrochée au rideau de la fenêtre. Elle a cet air perdu, une peine obscure qui la submerge. Plus je l'observe et plus je perçois une souffrance en elle contre laquelle je ne peux pas lutter. Et pourtant je reste là comme un ange éternel à ses côtés. Il n'y a que là où je suis bien de toute façon.

– Tu n'as pas écouté ce que je t'ai dit.

– Comment ça ?

– Quand on s'est retrouvé, je t'ai dit de ne pas t'accrocher, que je n'étais pas certaine de rester.

– J'en ai bien conscience ne t'inquiète pas, je vois bien comment les choses se passent, je ne suis pas bête. Je distingue parfaitement ces deux visages qu'il y a en toi, ces fois où tu es Lolita et ces autres fois où Jessica reprend le dessus.

– Je ne veux pas te faire souffrir, je ne veux faire souffrir personne d'ailleurs. Tu es une belle âme, tu mérites quelqu'un de bien.

– Mais tu es quelqu'un de bien.

– Il y a tous ces points d'interrogation autour de ma santé aussi.

– Comment ça ta santé ?

– Tu as oublié ?

– Ma mémoire n'est pas entièrement revenue, tu sais bien.

– Ce n'est pas bien grave.

– Tu sais, peu importe ce qui nous arrive, si on réussira à être de nouveau un couple ou si nous serons plus heureux dans une forme d'amitié réinventée, quelque chose à nous. Je ne sais pas.

– C'est sûrement ce qu'il nous faudrait. Je ne regrette pas ce qui s'est passé l'autre soir, mais je ne suis pas prête. J'ai l'impression d'être étouffée par ton amour ou par l'idée d'être à nouveau en couple avec toi. Il y a des fondations à rebâtir, une nouvelle vie à imaginer. Et là, c'est trop tôt pour me lancer dans ce genre d'aventure. J'ai besoin de me retrouver aussi.

– Ce que je sais c'est qu'il y a un lien indestructible entre nous, quelque chose de puissant. On est là l'un pour l'autre, toujours. Je donnerai ma vie pour toi s'il le fallait et toi pareil. Tu vis avec deux âmes qui se battent en toi pour prendre le pouvoir l'une sur l'autre. Il faut à un moment donné réussir à te séparer d'une des deux.

– C'est impossible j'ai déjà essayé.

– Je ne veux pas te perdre Lolita, je ne le supporterai pas une nouvelle fois. Ne m'abandonne pas je t'en supplie, pas maintenant, pas encore. Ce serait trop dur.

– Va-t'en s'il te plaît. J'ai besoin d'être seule. C'est mieux comme ça pour l'instant.

– Non...

– Va-t'en...

J'ai passé ma veste et je suis parti en courant le cœur brisé comme un miroir, 7 ans de malheur. Le ventre noué comme le nœud d'un pendu, je dévale les escaliers en me cognant contre les murs. Je voudrais vomir ma peine, sortir ce monstre qui dort en moi, ne plus souffrir, qu'il me laisse en paix. Je n'ai pas claqué la porte, elle est restée ouverte sur tes larmes; les miennes, je les cracherai plus tard. Je traverse les ruelles et les passerelles sans savoir où je vais. Je suis déjà loin du vieux ghetto. Je ne m'arrête plus de courir. Je voudrais disparaître que l'on ne me retrouve jamais. Je vois ton visage qui se reflète sur le canal entre les vaporetos et les gondoles. Je ralentis ma course. Je ne peux pas t'obéir comme ça, c'est impossible, je ne peux pas l'accepter. Il faut se battre pour être heureux, c'est bien toi qui m'a appris ça. Notre avenir est la somme de nos actes, qu'ils soient bons ou mauvais.

C'est comme ça que nous pourrons bâtir notre empire, être un Tsar, une Tsarine, boire une vodka sur la Volga, partir à l'Est, au bord des rives du fleuve Amour. Alors oui, tu as peur des nuits fauves, des démons et des ombres qui te tentent parfois et qui essaient de te happer, mais il ne tient qu'à nous de partir sur un bateau, de changer notre destinée. Il n'y a pas qu'un seul chemin, mais des milliers de routes différentes qui se sont présentées à nous depuis notre enfance. Nous avons fait le choix d'aller à droite ou gauche, de reculer ou d'avancer. Certains ont décidé pour nous parfois mais là, tu vois, nous sommes comme au croisement de l'enfer et du paradis, à un moment crucial de notre existence. Le choix doit venir du cœur, c'est lui ton phare, ta lumière intérieure. Je fais demi-tour, je ne te laisserai pas, non pas cette fois. Mais à peine ai-je tourné les talons que trois gaillards me poussent violemment dans un petit square désert. Je glisse au sol sans réussir à me rattraper et quand mon regard s'est relevé, j'ai reconnu l'homme qui était dans l'appartement du commissaire Schumann. C'est lui qui pointe une arme vers moi pendant que les deux autres surveillent les alentours.

– Les instructions ont changé Caproni.
– Qu'est que vous voulez ? Laissez-moi partir. Je n'ai pas ce que vous cherchez.
– Ne t'inquiète pas, on le sait très bien. Ta copine ne doit plus être seule à l'instant où l'on se parle.
– Ne lui faites pas de mal, je vous en supplie.
– Ce n'est pas à nous de décider, le Matador a pris le pouvoir. Par contre pour toi, il a déjà scellé ton sort.

Il claque son arme pour chambrer la première cartouche. Je le vois qui marche vers moi, le doigt sur la détente. Je sais qu'il va tirer.

– C'est maintenant que tu passes à la caisse Harry !

Un coup de feu retentit dans un écho interminable. Je vois le tueur tomber dans un ralenti troublant, le crâne transpercé par l'ogive d'une balle. Le Commissaire Schumann apparaît au bout du chemin, son arme encore fumante dans la main. Des carabiniers débarquent autour de nous pour arrêter sans ménagement les hommes du docteur Forbes.

– Mais qu'est-ce que vous faites là commissaire ?
– Je vous sauve la vie que croyez-vous.
– Aidez-moi à me relever, lui ai-je demandé en lui tendant la main.
– Je vous devais bien ça Caproni, vous êtes une belle personne, c'est rare les gens comme vous.
– On n'a pas le temps pour se galocher mon vieux désolé, mais Lolita a besoin de nous.

On a monté les escaliers de pierres décrépies dans la pénombre, jusqu'au troisième étage, à la seule lueur des ampoules de sécurité rouges que l'on retrouve à chaque pallier. J'ai l'impression de ne jamais en voir la fin quand enfin j'entrevois la porte de l'appartement dans lequel nous devions rester cloîtrés.

Elle est restée ouverte telle que je l'avais laissée. Schumann me fait signe de ralentir. J'entends mon sang qui tambourine dans mes artères, je crois manquer d'air en voyant ton regard, toute cette terreur. J'ai fait tant d'erreurs. Mais rien n'aura été plus beau dans ma vie que ces moments passés près de toi. J'ai vu Schumann sortir une arme en arrivant sur le palier. Nous progressons à pas de loup vers l'entrée du logement et plus je m'approche et plus je vois tes yeux qui me disent de m'enfuir. C'est hors de question. Un homme en costume noir est allongé sur le carrelage, le crâne défoncé par des coups de bâtons ou je ne sais quel objet contondant. Le sang coule sur sa peau d'ébène. Je m'approche de lui en restant accroupi, je prends son pouls sur son cou. C'est Bauer, l'agent du FBI que j'ai rencontré à Berlin. Par chance, il est toujours vivant. Je sens soudain une présence familière dans mon dos. Je me retourne, le regard bloqué dans un ralenti terrifiant. J'ai d'abord vu le canon d'un pistolet pointé vers moi. Et puis ce visage que je n'avais plus revu depuis cette fameuse nuit d'horreur, cette femme que je croyais morte, elle est là face à moi. Son visage a tellement changé. Elle n'a ni grossi, ni maigri, c'est juste que quelque chose a changé dans sa manière d'être, dans toutes ces expressions et sa manière de me regarder.

– Tu n'as pas peur des fantômes.
– Non...
– Personne ne m'attendait, on dirait.
– J'ai cru que tu étais morte.
– La bonne excuse, tu m'as abandonnée oui.
– Non jamais. J'ai tout fait pour revenir te sauver mais nous avons eu un accident à cause des hommes de Forbes.

– C'est aussi pour ça que vous m'avez laissée au milieu du cercle de craie. Cette maudite expérience qui m'a coûté la vie. Heureusement le professeur, lui, a su prendre soin de moi pendant de toutes ces années.

– Comment as-tu fait pour survivre ? Ton âme s'était cachée en moi, tu ne t'en souviens pas. Forbes a modifié ton dessin, il avait tout manigancé, c'est pour ça que l'expérience n'a pas fonctionné.

– Non c'est parce que tu as encore été lâche, voilà tout.

– Pourquoi es-tu là ?

– Je viens récupérer ce qui m'appartient, cela n'a pas été si facile de te retrouver, dit-elle en regardant Lolita.

– Les choses ne sont pas aussi simples, poste ton arme s'il te plaît.

– Grâce à moi, le professeur Forbes a réussi à atteindre son but. Nous maîtrisons les mouvements de l'âme aujourd'hui, nous sommes capables de les capturer et de les utiliser à notre guise, tu serais étonné par les progrès de la technologie. Comment crois-tu que je suis arrivée jusqu'à toi ? Même notre chère Ella s'est laissée duper, la pauvre, elle qui croyait revoir sa vieille amie cette nuit-là. Surprise ! (elle rit)

– Pas toi, non, c'est impossible.

– Lève-toi à présent, mettez-vous dans le coin tous les deux, nous dit-elle au commissaire et à moi.

– Attends, il faut qu'on parle tous les deux, juste toi et moi. Tout ne peut pas se finir comme ça.

– Reste où tu es, n'avance pas, n'avance pas !

J'ai voulu me jeter sur elle pour la désarmer mais juste avant de l'atteindre, un coup de feu est parti et Lolita a blêmi, frappée à bout portant d'une balle de 9mm dans l'abdomen. J'ai senti le souffle de la mort passer entre nous ou bien n'était-ce que le courant d'air d'une vie qui passe.

CHAPITRE 13

JE T ' EMMÈNE AU VENT

Lolita se tord de douleur les mains posées sur une plaie béante au beau milieu de son ventre. Le sang s'échappe comme dans un volcan en irruption. Tes yeux se tendent.

– Ne bouge pas mon amour. Appelez les secours !

– J'ai mal...

– Pourquoi tu as fait ça ?

– N'avancez pas, dit ta meurtrière en pointant son arme vers le commissaire Schumann qui tentait une approche. Elles arrivent, regarde.

Lolita est en train de mourir, son aura s'est soulevée de son corps, il y a encore un lien qui les relie, mais il s'affaiblît. Je vois les deux âmes qui l'habitent tenter de s'évader. C'est maintenant ou jamais.

– Commissaire, trouvez-moi une craie, vite.

– Une craie ? Mais où voulez-vous que je trouve ça ?

Il se retourne vers les carabiniers qui attendent, armes au poing, dans les escaliers en essayant péniblement de se faire comprendre.

J'entends les hurlements des sirènes de secours qui approchent. Une petite fille d'à peine quatre ans, le visage rond et les cheveux en forme de tournesol, me tend une petite craie, l'air grave et solennel. Le petit ange tient un vieux nounours gris dans sa main gauche. Je ne crois pas que je lui ai souri. J'ai juste pris la craie et j'ai commencé à dessiner autour de Lolita un cercle de craie pour la sauver. L'enfant s'est placé entre l'arme et Lolita obligeant la meurtrière a baisser son arme. Elles se regardent complices comme si elles se voyaient l'une dans l'autre. Le commissaire Schumann tend son bras pour empêcher une meute de carabiniers d'intervenir. Il les repousse vers le couloir des escaliers en refermant la porte d'entrée, sans la claquer. Ma Lolita, mon tendre amour, il n'est pas l'heure de mourir. J'ai finis le dessin. C'est mon dernier espoir de te sauver. Je sors du cercle alors que la moitié d'âme de Lolita, ce phénix élégant, et celle bleutée de Jessica flottent au-dessus de son corps.

– Te voilà enfin, crie la femme en agitant son arme pour lui faire signe de venir à elle. Dépêche-toi allez, viens.

Mais le phénix ne bouge pas. Il reste en suspend sans accepter d'obéir. Il s'approche même de moi, à la frontière du cercle pour capter le reflet de sa flamme jumelle dans les miroirs de mon regard. Il repart soudain au-dessus de Lolita en regardant la femme qui l'appelle. Mais quelque chose l'empêche d'avancer.

– Obéis maintenant où je finis le travail, dit-elle en pointant son arme vers Lolita.

C'est à ce moment-là que l'enfant a pénétré dans le cercle de craie pour se placer une nouvelle fois dans l'axe de tir. Les deus âmes l'observent sans avoir peur. La femme assassine hurle toute sa haine, mais sa colère et ses ordres n'y font rien. Je distingue soudain un point rouge au centre de ses pupilles. On dirait que quelqu'un la manipule, de près ou de loin, elle est sous contrôle. C'est Forbes qui tire les ficelles, ce ne peut être que lui. Grace à ses connaissances sur le transfert et la manipulation des âmes, il a dû utiliser cette enveloppe vide pour y glisser l'âme d'un tueur en série, à qui il a promis la vie.

L'enfant a soudain fait tomber son ours en peluche au milieu du cercle de craie et sans le vouloir il a rebondit jusqu'au visage de Lolita. L'âme bleutée s'est alors mise à tourner comme un cyclone en mouvement. Elle s'est approchée de la petite fille. Elle n'a pas peur. Ses grands yeux noirs levé vers l'astre bleu, elle ouvre sa bouche dans un sourire d'admiration et d'amour. L'âme de Jessica est entrée dans sa gorge au milieu d'une lumière radieuse et éclatante, comme si le bleu du ciel tout entier l'avait enveloppé de sa beauté. L'assassin s'est mise à hurler en voulant rattraper son âme mais le cercle de craie l'a repoussé en la projetant un bon mètre en arrière. Elle a lâché son arme. Je me suis précipité pour m'en saisir quant au même moment, le phénix est retourné dans le corps de Lolita. Elle est sauvée, enfin. La voilà libérée à jamais de cette âme qui l'empêchait d'aimer et d'exister. Je l'ai entendue à nouveau respirer, dans un spasme corporel, une étincelle. Les carabiniers sont intervenus violemment pour maîtriser la meurtrière en pleine crise d'hystérie. Je ne les ai pas vus l'emmener.

Je suis resté au bord du cercle de craie à prier pour Lolita pendant que les médecins lui prodiguaient les premiers soins. La salle d'opération est déjà réservée. Pendant qu'ils t'emportent sur un brancard, je sens des larmes d'espoir couler sur mon visage. Je ne veux plus te laisser. Je veux pouvoir te chérir à chaque instant de la vie, et t'emporter sur la baie des fourmis.

Nous attendons assis sur des sièges en métal dans le couloir de l'hôpital. Nos visages sont marqués par ces images de douleur et d'effroi. Le Commissaire Schumann a le nez plongé dans son téléphone portable à jouer à des jeux stupides pour libérer ses pensées, fuir la réalité et pour se protéger aussi. Mon regard oscille entre l'écran de télévision, bloqué sur une chaîne d'info américaine, et les allées et venues des infirmières. Lolita est en salle d'opération depuis plus de deux heures. Je sais qu'elle se battra pour vivre. Elle m'a toujours répété que si un jour elle avait quelque chose de grave, elle disparaîtrait sans donner de nouvelles. J'ai toujours cru au contraire qu'on était plus fort à deux contre la maladie ou contre les combats que la vie nous force à mener. C'était sa vision des choses. Au final la souffrance est la même.

– Détective Caproni ? Vous vous rappelez de moi ?

– Bonjour agent Bauer. Vous allez mieux ?

– Oui, oui c'est rien, juste un coup derrière la tête. Il n'y a pas de traumatisme, c'est déjà ça.

– Je suis content pour vous.

–Dites-moi, mes collègues m'ont dit avoir retrouvé ceci dans les bagages de la femme qui a tiré sur votre amie. Est-ce que cela vous dit quelque chose ?

Il me tend une vieille enveloppe que je prends sans trop comprendre. En l'ouvrant, je découvre un vieux cahier, à moitié moisi, à l'intérieur duquel sont annotés des noms et des dates, des données médicales, des commentaires pas toujours lisibles. J'ai longtemps cherché ce document moi aussi.

– C'est la liste de toutes les victimes du professeur Forbes. Il y a aussi les identités de certains de vos collègues et de membres de l'administration pénitentiaire.

– Faites voir ? Vous avez raison. Ils m'ont également donné deux cassettes vidéos, je ne sais pas si ça pourra vous être utile.

– J'ai aussi recueilli des éléments mettant en cause le professeur Forbes dans les différentes tentatives de meurtres dont nous avons été victimes.

– Qu'est-ce que vous voulez dire Commissaire ?

– Forbes m'a approché il y a moins d'un mois en me proposant de sauver ma femme si j'arrivais à lui livrer le détective Caproni .

– Pardon ? (Je n'en crois pas mes oreilles)

– Mais plus je vous côtoyais Caproni et plus je me retrouvais au travers de votre combat pour retrouver Lolita. Nous avons tous les deux la même volonté de sauver la femme que nous aimons. Je suis un flic avant tout, j'ai toujours été du côté de la loi et de la justice. La douleur fait partie de l'existence. J'ai intégré cette notion, il y a peu. J'ai choisi d'être dans votre camp Caproni. On est de la même trempe vous et moi.

– Merci Commissaire, sans vous je serai déjà mort à l'heure qu'il est.

– Regardez, dit l'agent Bauer, ce n'est le docteur Forbes à la télé ?

Nous nous approchons de l'écran en montant le son avec une télécommande posée sur un chariot de pansement et de pharmacies. On prend le reportage en cours sur les conclusions d'un journaliste à moitié frigorifié, résistant du mieux qu'il peut à une bourrasque de neige.

« La conférence mondiale sur le cerveau qui se tient depuis lundi à Copenhague devrait atteindre son apogée demain avec la conférence de l'éminent professeur Richard Forbes, considéré comme le spécialiste mondial en matière de recherche sur le cerveau. Dans une plaquette diffusée à la presse par l'organisateur du congrès, Forbes annonce une expérience inédite sur le transfert d'âme et son utilisation dans la médecine moderne. Les différents spécialistes que nous avons pu interroger parlent déjà d'une avancée inédite et révolutionnaire dans le traitement des troubles psychiques. »

– Vous n'avez rien de prévu ces prochains jours, agent Bauer ?

– Bien au contraire, je sais exactement ce que nous allons faire, dit-il avec un large sourire. Je préviens mes supérieurs au FBI.

– Est-ce que l'un d'entre vous est de la famille de Mademoiselle Lolita Camwell, demande une doctoresse aux cheveux longs.

– Je suis son conjoint, lui ai-je répondu.

– Je peux vous parler.

Je l'ai suivie dans un recoin avec une inquiétude que j'ai du mal à canaliser.

– L'opération s'est bien passée. Je ne peux pas encore vous dire si elle est hors de danger. Nous allons la garder en observation. Je pense que d'ici 48h nous serons à même de nous prononcer.

– Merci docteur.

– Dites-moi par contre, vous savez si elle prenait un traitement particulier ou si elle avait un problème de santé déclaré.

– Pas que je sache. Pourquoi vous me demandez ça ?

– Comme ça, juste pour compléter son dossier médical.

– Je peux la voir ?

– Juste une minute alors, venez.

Je suis cette grande femme derrière la porte battante d'une salle de soins intensifs. C'est bien toi Lolita, mon dieu tu es vivante. Tu as juste l'air endormi malgré les tuyaux qui s'enfoncent dans ta gorge et les appareils électroniques de surveillance qui sont reliés à ton corps. Je m'approche dans un sentiment étrange de victoire et d'échec mélangé.

Je revois ce premier baiser au fond d'un couloir sombre. J'aurais pu rester des heures à t'embrasser comme dans cet avion pour Venise où j'ai cru m'envoler vers l'éternité. C'est mon côté idéaliste peut-être. J'ai foncé tête baissée dans cet amour avec mon cœur en oriflamme. J'ai voulu croire à ce toujours malgré les distances que tu cherchais à garder la plupart du temps. J'effleure ta main du bout des doigts en embrassant ta joue. J'ai approché doucement mes lèvres de ton oreille en chuchotant d'une voix douce et remplie d'amour :

Allez viens, je t'emmène au vent

Je t'emmène au-dessus des gens

Et je voudrais que tu te rappelles, notre amour est éternel, et pas Artificiel

Allez viens, je t'emmène au vent

Je t'emmène au-dessus des gens

Et je voudrais que tu te rappelles, notre amour est éternel

Et je voudrais que tu te rappelles, notre amour est éternel (1)

(1) Louise Attaque - J't'emmène au vent

CHAPITRE 14

L'EMBELLIE

Plus de deux cents médecins et journalistes sont réunis dans une des salles de conférence de l'hôtel Bella Center de Copenhague. Le professeur Forbes, adossé à un écran géant, détaille l'avancée de ses travaux face à un auditoire entièrement acquis à sa cause. Avec l'aura d'un chef d'entreprise d'envergure, il arpente la scène avec éloquence et élégance. Les découvertes du docteur Forbes sont attendues comme une révolution, un pas jamais franchi dans la guérison des troubles psychiques chez l'être humain.

— Mes chers confrères, comme vous pouvez le voir sur ces images, nous sommes aujourd'hui capables, grâce à une machine de mon invention et un protocole très précis que j'ai pu développer avec mon équipe, de déplacer l'âme d'une personne, et ce, avec ou sans son consentement. Nous privilégions en l'état, le transfert immédiat d'une âme, de personne à personne. L'âme est attirée par la matière comme un aimant avec une partie positive et négative qui débouche parfois par le rejet du corps et de l'âme. Dès lors...

Le son se coupe soudain et l'écran derrière lui se grise comme après une coupure de faisceau. Le professeur Forbes tapote sur son micro en cherchant du regard les techniciens de la salle. Quand tout à coup, le visage de la petite fille à la craie apparaît à l'image. Un moment de flottement parcourt l'auditoire jusqu'à ce qu'elle se mette à parler en italien. Les conférenciers mettent immédiatement un casque sur leurs oreilles pour écouter la traduction.

– Je m'appelle, Maria Kiddo, je suis née à Venise, le 05 août 2015. Mes parents sont tous les deux vénitiens, ils tiennent une petite échoppe de textile dans la ville. Jusqu'à hier, je jouais avec mes amis sur la grande place du Ghetto Nuovo à dessiner des marelles et des cercles de craie. Le cercle de craie, cela vous dit quelque chose monsieur le professeur ?

Forbes est pris d'une inquiétude soudaine. Tout le monde dans la salle ressent également la même agitation. Il cherche ses hommes, disséminés un peu partout dans la salle, en leur faisant signe de couper la diffusion de ces images mais tout redémarre, sans que personne ne puisse rien faire pour l'en empêcher.

– Je tiens à préciser que je n'ai jamais appris à parler anglais ou français et pourtant, ce que vous allez découvrir à présent, personne ne pourra jamais l'expliquer. Une femme est entre la vie et la mort, chez moi, là-bas en Italie. Une assistante du professeur Forbes a tenté de l'assassiner hier en lui tirant dessus. Tout ça pourquoi me direz-vous ? Je pense que c'est mieux si c'est la principale victime de cette affaire qui vous l'explique.

Le professeur Forbes lève des yeux effarés sur l'écran. La petite fille fait mine de partir puis revient en gros plan. Elle reprend son discours, mais cette fois, en anglais, avec la même voix.

– Depuis hier, je m'appelle également Jessica Calvo. J'ai été une élève du professeur Forbes il y a maintenant 7 ans avec 3 de mes amis, Lolita Camwell, Ella Kagan et Antoine Salieri. Nous avons été témoins des expériences du professeur Forbes, pas celles qu'il vous vend aujourd'hui, non, les premières, les esquisses. Celles où les cadavres s'amoncellent et finissent dans un four crématoire au sous-sol de l'université de Détroit. Vous ne me croyez pas ? Alors regardez.

Le visage de la petite fille disparaît et laisse place à la diffusion d'une vidéo du four crématoire, caché dans les sous-sols de l'université, avec des cadavres entassés juste à côté. Au-même moment, le FBI et la police danoise dont leur apparition aux quatre coins de la salle de conférence. Les hommes de Forbes sont arrêtés sans résistance. Quant au professeur, il reste groggy au milieu de l'arène, comme un boxeur proche du knock out. Il cherche à fuir mais se retrouve face au détective Caproni qui lui barre le chemin.

– Comment as-tu fait pour me trahir de la sorte ? Tu étais mon meilleur élève.
– Ce n'est pas votre élève qui vous arrête aujourd'hui mais l'homme que vous avez créé.

La petite fille monte à son tour sur scène et prend le micro dans les mains du professeur avant que le FBI ne le menotte.

– C'est bien moi, Jessica Calvo qui vit aujourd'hui dans le corps de la petite Maria Kiddo. J'ai quitté mon enveloppe initiale, non pas parce que je suis morte mais pour libérer l'âme d'une vieille amie, pour lui permettre d'être heureuse et d'aimer librement l'homme qui est ici présent à mes côtés. (elle lui tend le micro.)

– Mesdames et Messieurs, j'existe aujourd'hui sous le nom d'Harry Caproni, mais je suis né Antoine Salieri, diplômé en médecine de l'université Paris Dauphine. J'ai ensuite intégré pendant trois ans le cursus universitaire proposé par le professeur Forbes à l'université de Détroit. C'est là que les images que vous avez pu voir ont été filmées. Nous sommes 4 étudiants à avoir vu de nos propres yeux ces charniers d'un nouveau genre, au nom de quoi, de la science, de la moralité ? Alors certes toutes les identités de ces victimes qui sont ici recensées (je brandis le livre de Forbes) sont celles de tueurs, de violeurs, mais qui peut s'ériger ainsi en justicier de la race humaine. 176 personnes ont perdu la vie dans ces tentatives de mouvement de l'âme... 176... Je pourrais en ajouter une 177ème, mon amie Ella Kagan. Elle a été assassinée il y a quelques jours sur les ordres du professeur Forbes. Nous ne sommes plus que deux aujourd'hui à pouvoir témoigner contre lui devant la cour de justice américaine, preuve à l'appui et avec l'aide du FBI.

Le professeur Forbes est emmené par les agents du FBI sous les huées du public et le crépitement des flashs des photographes. Le détective Caproni reprend la parole en s'avançant jusqu'au bord de la scène. C'est peut-être la dernière fois qu'il parlera en qualité de Docteur Antoine Salieri, alors l'émotion est là et les sentiments prennent le dessus sur la science.

– Il n'est pas besoin d'expérience, de rechercher la mort ou de vouloir s'en rapprocher pour connaître la vie et les âmes. Il suffit d'ouvrir son cœur au monde qui nous entoure et aux gens que nous aimons pour ressentir cet échange, cette symbiose entre la matière et l'esprit. Il n'y a que l'amour qui puisse guérir les âmes blessées, que l'amour qui puisse nous donner à tous ce rayonnement universel. Mesdames et Messieurs, il n'existe pas de médecine de l'âme. Les âmes sont libres d'aller et venir comme bon leur chante, car elles n'ont qu'un seul but sur cette Terre, poursuivre leur évolution et chercher, sans jamais s'arrêter, cette voix qui leur dira un jour, je t'aime.

Ma main se pose sur son épaule au milieu de la baie des fourmis. Lolita est assise sur un fauteuil roulant aussi pâle qu'un mur d'hôpital, en ce début du mois de mai, là où les premières chaleurs estivales viennent mettre un peu de couleur sur nos joues usées. Lolita a survécu par miracle. Mais elle est loin d'être guérie.

Autant son corps réussira à se retaper tant bien que mal, autant son cœur, lui, n'est pas prêt de battre de la même façon. Il lui faudra des mois avant d'aimer à nouveau, c'est d'ailleurs la première chose qu'elle m'a dit quand nous sommes sortis de l'hôpital. C'était sans doute une façon de me garder à distance, d'éviter ce rapprochement, ce sentiment d'étouffement qu'elle a dès que nous reprenons l'apparence d'un couple. Elle n'a pas toujours besoin de parler. Je sais lire ses silences et entendre son âme me chuchoter ce qu'elle ressent. Lolita, c'est un tourbillon de sentiment, comme un océan qui vous emporte et vous submerge. J'ai parfois l'impression qu'elle attend un baiser alors que d'autres fois, c'est l'inverse. Elle est riche de ses contradictions et en même temps fidèle à ses valeurs. J'essaie de suivre les expressions de son visage, ses sourires et son regard, à chercher où s'enfuie son esprit dans ces moments-là.

Nous voilà au jour zéro de notre histoire. Le temps est venu de nous réinventer, de mettre dans notre relation les ingrédients que nous souhaitons mélanger ou pas, un peu comme dans une recette de cuisine que nous aurions imaginée. Nous devons cependant accepter l'un et l'autre qu'avant de trouver la bonne formule, il y aura quelques ratés (de cuisson). Nous n'avons qu'à nous asseoir dans ces moments-là, autour d'une table et d'ouvrir une bonne bouteille de vin. Trinquons, parlons, vivons mais ne nous arrêtons pas de croire en notre histoire pour quelques détails.

Pendant que je pousse le fauteuil roulant le long de la plage, je la vois lever les yeux vers ce ciel qui se mélange avec la mer. Elle ferme ses paupières en prenant une profonde respiration.

– Tu sais ce que j'aimerais, demande-t-elle ?

– Vas-y ?

– Que tu me trouves un verre de Chardonnay.

– Comme ça là, il est à peine onze heures.

– Ben c'est l'heure de l'apéro qu'est-ce que tu crois.

– Mais où est-ce que tu veux que je trouve ça ? Et ton médecin qu'est-ce qu'il va dire ?

– On s'en fout. Allez fais preuve d'imagination pour une fois. C'est toujours moi qui ai cherché à te surprendre, à avoir ces petites intentions pour toi. Et moi, quand est-ce que tu me scotches ? J'ai envie de me dire, mais il est fou et pas je m'en doutais.

– Je ne demande qu'à te surprendre.

– Lâche-toi un peu mais qu'est-ce que t'es triste parfois, tu ne te rends pas compte. Tu peux être sacrément chiant, bon moi aussi mais c'est pas pareil.

– Je suis tout l'inverse tu sais bien.

– Je ne suis pas prête pour une nouvelle histoire d'amour, ce n'est pas le moment, tu sais. À Venise, il s'est passé ce qu'il s'est passé et franchement je ne regrette rien, mais je ne veux pas que tu t'imagines quoi que ce soit.

– Tu me l'as déjà dit, ne t'inquiète pas, j'ai compris.

– J'aimerais en être certaine. J'ai plus envie d'une amitié, d'un truc à nous, de pouvoir savoir que tu seras là quoi qu'il m'arrive, de pouvoir partager des sorties, des week-ends, des voyages mais rien d'autres. J'ai l'impression d'être encore en fuite tu sais et je ne veux pas avoir le sentiment de me sentir prisonnière de qui que ce soit. Pour l'instant c'est mieux comme ça, après personne ne sait de quoi demain sera fait, où on en sera tous les deux dans six mois ou dans un an. Je ne ferme la porte à rien.

– Je comprends ce que tu veux dire. Je pense que parfois je dois avoir ce côté étouffant, la peur de te perdre une nouvelle fois sûrement, j'essaie de bien faire et finalement j'en fait sûrement trop.

– Tu sais ce que je t'ai dit, si jamais il m'arrivait quelque chose de grave ?

– Qu'est-ce que tu veux qu'il t'arrive de plus grave que de prendre une balle dans le ventre ?

– Tu ne peux pas être sérieux, pour une fois…

– Profite d'être en vie, ici dans la baie des fourmis. On a une chance de fou d'être ici. Il fait juste chaud comme il faut et regarde la mer, cet horizon. J'ai rarement vu quelque chose d'aussi beau. Alors ne bouges pas, je reviens avec ton Chardonnay.

– Attends, il faut que je te dise quelque chose.

– Tu bouges pas, hein, promis ?

J'ai tellement envie de vivre, de profiter de chaque moment. Cela ne suffira pas à la rendre heureuse, je sais, ou seulement dans de brefs instants. La première étape serait enfin d'être moi, d'arrêter d'imaginer qu'elle puisse disparaitre. Je sais qu'il ne faut surtout pas l'étouffer, la laisser respirer comme une fleur unique qui ne peut pas être cueillie. Elle a bien plus de valeur que n'importe quel bijou, avec son cœur de cristal, elle est l'unique, la météore, la grande tour de Belem. Il n'est pas l'heure de l'amour, non vraiment pas. Nous sommes au temps des fondations, agenouillés comme deux maçons, nous, les architectes de notre vie. Je vais prendre soin de toi Lolita, t'emmener vers la lumière mais pas trop haut, non plus, pour que tu te brûles pas. Nous attendions les étoiles, tu te souviens de cette phrase.

C'est bien fini tout ça, maintenant on va les chercher ces étoiles. On n'a plus de temps à perdre. Personne ne pourra jamais nous voler les pages de notre vie. La route est si belle près de toi, aussi périlleuse qu'elle soit, je ne regretterais jamais ce choix. Je me suis soudain mis à courir vers le premier bar venu. Je crois qu'il y en a un, à l'autre bout de la rue. Je ne me suis pas retourné vers toi, juste pour t'imaginer sourire et sentir ton visage se transformer. J'ai encore tellement à t'offrir, tu sais. Peu importe sous quelle forme, je sais que nous pourrons être heureux, cette fois. Je rentre dans une brasserie à l'atmosphère chic et nostalgique de la Côte d'Azur.

– Deux verres de Chardonnay s'il vous plaît. Je peux les prendre à emporter ?

– Ah non ça va pas être possible.

– Je paie pour les verres ne vous inquiétez pas. Vous pouvez me mettre tout ça sur un plateau avec des olives et des petits gâteaux sec s'il vous plaît ? Je vous ramène tout ça une fois qu'on a fini, ne vous inquiétez pas.

Le garçon a souri, peut-être à cause de mon œil brillant et de ce sourire béat que je peux avoir parfois. Il ouvre une bouteille fraîche et verse le breuvage avec soin dans chaque verre qu'il dépose sur un plateau avec deux petits ramequins de gourmandises. J'ai envie de revenir vers toi en tenant ce plateau comme Yves Montand dans Garçon. Je t'imagine sourire et même rire, si tes cicatrices ne te font pas trop mal. Tu pourrais lever tes bras au ciel en agitant tes mains de joie, tu pourrais même faire semblant de danser sur ton fauteuil roulant. Je te ferais valser et qui sait tournoyer.

Tu auras la tête qui tourne, entre l'alcool et l'émoi. Il y aura Toi et Moi, encore une fois. Nous avons tout à vivre Lolita et tellement à découvrir qu'une seule vie ne suffira pas pour nous rassasier. Nous ne sommes qu'au début de nous.

Je paie en sans contact et me voilà parti en tenant le plateau d'une main au-dessus de mon épaule, un torchon blanc posé sur mon poignet. Les passants me regardent en souriant, surtout les femmes qui donnent des coups de coudes à leurs ignorants de maris qui font mines de ne pas avoir compris. Elles aimeraient leur dire, « emmène-moi danser dans les dessous des villes en folie puisqu'il y a dans ces endroits autant de songes que quand on dort et on ne dort pas.» (1) On est comme ça, toi et moi, Lolita, des écorchées, des troubadours, on veut danser, on veut chanter et puis s'aimer sans qu'il n'y ait de limites.

J'avance, l'air élégant, fier et distingué, ébloui par le soleil, j'entends la mer s'échouer sur la plage, l'odeur du sable chaud se mélange avec celles des plantes et du vin. Tout est flou devant moi, ce quai me parait sans fin. Ce dont je suis certain, c'est que tu as disparu. J'ai beau chercher partout, je ne te vois plus. J'ai demandé « Lolita ? », en me disant que tu allais réapparaître comme par enchantement. Et puis j'ai fini par crier. Où es-tu Lolita ? C'est pourtant bien ici que je t'ai laissé. Ton fauteuil n'est plus là et ton corps s'est envolé. Ma tête tourbillonne et mes jambes flagellent.

Ce n'est ni le soleil, ni l'alcool, juste ton absence, brutale et soudaine, ce sentiment d'abandon, une explosion intérieure qui détruit tout sur son passage comme le souffle de la bombe à neutron, un nuage atomique. Ce ne peut pas être un de tes nouveau jeux, non pas cette fois. Ce n'était vraiment pas le moment. Je pose le plateau sur le mur de pierre en te cherchant sans cesse du regard. Je vide le premier verre sans trop y chercher un quelconque plaisir. En attendant de reprendre des forces, je fouille dans mes poches pour retrouver mon téléphone portable. Je tente de t'appeler en faisant les cent pas. Au troisième essai, j'essaie whatsapp et puis Facebook. Tu ne réponds pas. Je m'assois dos à la mer, le regard figé sur mon iPhone, je cherche une explication à ton départ sans pouvoir en trouver la cause.

J'appuie machinalement sur l'icône bleu du mail. Je me rappelle avoir connecter ta boîte mail sur mon IPhone quand tu étais à l'hôpital. Tu n'avais plus de téléphone à ce moment là et le médecin nous avait demandé de vérifier si tous les compte-rendus médicaux nous étaient bien parvenus. Par chance, tous tes codes sont restés mémorisés dans mon cloud sans la moindre manipulation. En quelques secondes, l'intégralité de tes courriels se sont chargés sur mon écran. En dehors des spams et des mailings list, un mail de l'hôpital attire mon attention. Il est daté de ce matin, 8h34. Tout est écrit en italien dans le corps du texte. Je télécharge la pièce jointe qui synthétise des résultats d'analyse. En bas de page, le compte-rendu est en anglais. C'est donc de ça dont tu voulais me parler. Je n'ai pas pris le temps de t'écouter, de lire dans ton regard ce que tu attendais de moi.

J'étais tellement obsédé par le fait d'être le plus parfait possible du monde, « mon amour, mon Wesson, mon artifice ». (2) Ton départ me rappelle qu'il y a des fleurs qui ne peuvent être cueillies, qu'il faut savoir accepter ta liberté, trouver ma place. L'opération aura permis de découvrir des tumeurs cancéreuses sur ton pancréas. Je ne sais pas à quel stade tu te trouves aujourd'hui. Je n'arrive pas à déchiffrer tout ce qui est écrit. Il y a en copie l'adresse mail d'un médecin de l'hôpital Gustave Roussy à Villejuif. C'est donc là que tu es partie te faire soigner.

Tu as disparu comme tu l'avais dit, pour ne faire souffrir personne en cas de coup dur. Je pourrais prendre le premier avion pour Paris, faire le pied de grue devant cet hôpital et remuer ciel et terre pour te retrouver (une nouvelle fois). Je ne crois pas que ce soit ce que tu désires vraiment. C'est à toi de revenir cette fois, le scénario est entre tes doigts. J'ai hâte de découvrir mon personnage. Nous retrouver t'aura permis de tirer un trait sur notre amour, voilà tout. Comme une balle tirée vers le soleil, tout explose et puis renaît. La mine du crayon s'est brisée sur un point final, la dernière page du livre. J'aurai au moins servi à te libérer du poids de l'âme. Ce n'est pas rien, je sais mais cela ne m'octroie aucun privilège, si ce n'est celui des souvenirs radieux et du temps suspendu. Et moi dans tout ça. Je suis cet ange qui passe et qui repasse aux rythmes du temps et de l'espace. Je serai toujours là, de près ou de loin. Je me poserai là où les dieux souffleront, où mes ailes me porteront. Je serai pantin de bois, oiseau de lumière, une étoile dans l'univers. Un ange qui passe.

(1) Noir Désir - Les écorchés
(2) Mylène Fatrmer - California

« Désolé Lola je n'ai pas su
déchiffrer le sens secret de tes
gestes lents aérés,

simulacres ou magie futile

**à moins que le vide et l'ennui ne
s'emparent de toi Lolita**

et si cette bulle pleine de rien
voulait se crever enfin

un ange passe

un ange passe »

NOIR DÉSIR

Tous droits réservés novembre 2020
@josephkernauteur@gmail.com

Dessin @Lorakordan

© 2020, Kern, Joseph
Edition : Books on Demand,
12/14 rond-Point des Champs-Elysées, 75008 Paris
Impression : BoD - Books on Demand, Norderstedt, Allemagne
ISBN : 9782322257713
Dépôt légal : novembre 2020

FSC
www.fsc.org
MIXTE
Papier issu
de sources
responsables
Paper from
responsible sources
FSC® C105338